MELISSA

間違いで求婚した公爵様は、そのまま結婚することをお望みです

JN249860

ヤマトミライ

Illustrator
芦原モカ

この作品はフィクションです。
実際の人物・団体・事件などに一切関係ありません。

間違いで求婚した公爵様は、そのまま結婚することをお望みです

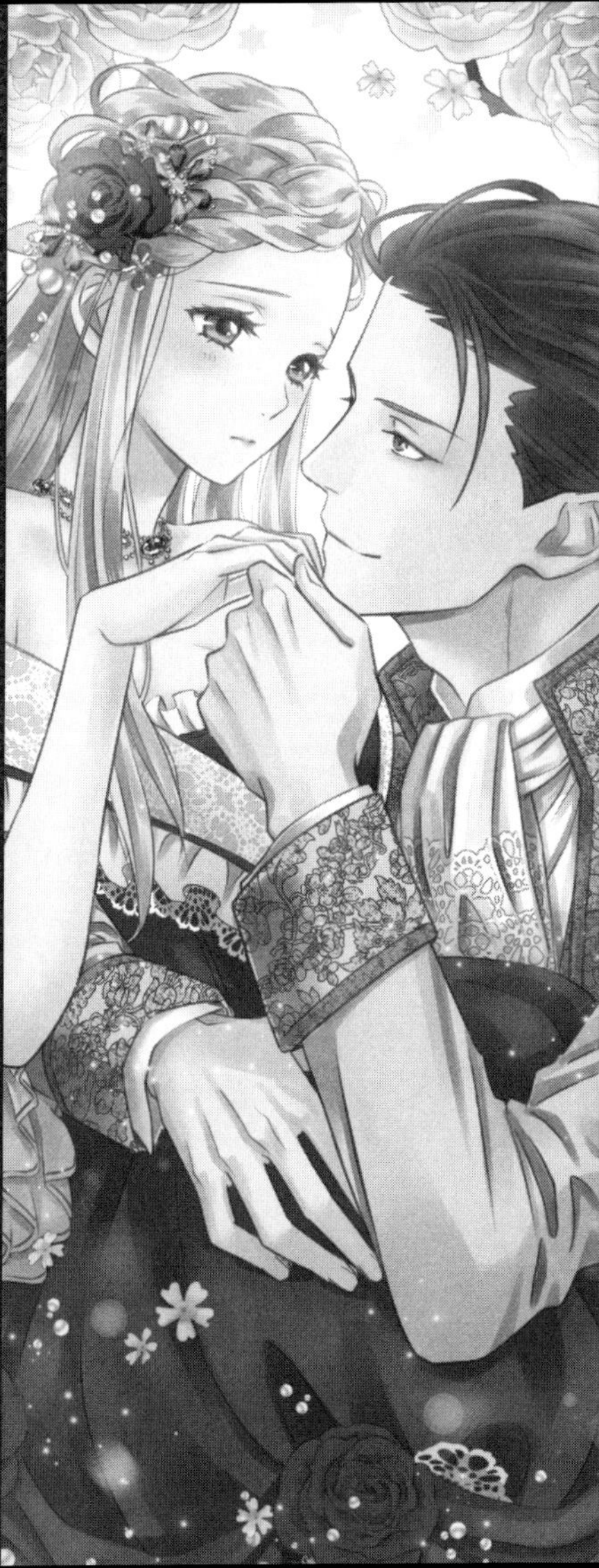

MELISSA

1　求婚

豪華な料理に、色とりどりのカクテルやワイン。優美な音楽に、人々の踊る足音。人々が夢中になるその全《すべ》てに、今年十七歳となったシャルティアナ・クレイモンはうんざりしていた。

社交界にデビューしたのは一年前。この一年で学んだことは、高位貴族や権力のある者には目をつけられないように振る舞うことだった。

それが男ならまだ良い。権力を見せつけてくるなら逆らわずおだてれば良いのだから。だが、女は違う。性根の悪い女、しかも高位貴族の令嬢に目をつけられた者は、あることないこと散々陰口を叩《たた》かれ、味方が誰《だれ》もいなくなってから、公衆の面前で辱《はずかし》めにあうこともある。婚約の破談程度ならまだ可愛《かわい》いものだろう。心を病む者や、命を絶つ者だっているのだ。シャルティアナは、それだけはなんとしても避けたかった。

皆が欲しがる権力なんて欠片《かけら》も望まない。平穏無事に過ごすことができ、平凡な結婚相手を見つけ、些細《ささい》な喜びに幸せを感じることができればそれで良かった。

一人で壁の花になっていても良いが、何をきっかけに目をつけられるかわかったものではない。同じ色のドレスを着ていたというだけで、その対象とされてしまうこともあるのだ。

どうしてそこまで神経を使っているかというと、シャルティアナは、貴族としては何の権力も持たない、男爵家の娘だったからだ。それも、数代前に金で爵位を買った、成り上がりの家柄だった。

そのため、シャルティアナはある令嬢の取り巻きになった。キースター侯爵家の娘、ビアンカの取り巻きだ。

キースター侯爵家は、王城での地位も高く、財力も申し分ない。古くから続く由緒ある家柄は、社交界でも一目置かれている。

ただ、そのキースター侯爵令嬢ビアンカは、自分より美しい者や注目を集める者を徹底して潰《つぶ》し、話題の中心は自分でないと許せないというような、いわゆる悪女だった。そんな女の取り巻きになることはシャルティアナも不本意ではあったが、目をつけられてはたまったものじゃない。

何故《なぜ》、目をつけられるかと言うと、シャルティアナは美しかったから。ビアンカよりも、どの令嬢よりも圧倒的に。そしてシャルティアナは自分が美しいことを知っていた。自惚《うぬぼ》れではなく、事実として。

腰まで伸びたハニーブロンドの艶《つや》やかな髪は、歩くたびにふわりと波打ち、すれ違う誰もが手を伸ばして触れたくなる。吸い込まれるようなブルーの大きな瞳《ひとみ》は、けぶるようなまつげで囲まれており、その愛らしさに誰もが釘付《くぎづ》けになる。そばかす一つない真白く透き通った肌と、潤ったピンクの唇は誰もが口づけたいと思うほどの色香を放っていた。

生まれ持った美しさだけでなく、権力はなくともお金だけはある男爵家だったので、幼い頃《ころ》から髪や肌の手入れも入念に施され、日々、シャルティアナはその美貌《びぼう》に磨きをかけていった。

そんなシャルティアナが社交界にデビューすれば、その美しさとくびれた腰、ふっくらと盛り上がった胸元で、男の目を釘付けにするはずだった。そう、そのはずだったのだが。

社交界を生き抜いてきた母、アルティアから、いかに社交界が怖いところかを聞いていたシャルティアナは、同じ年頃の令嬢達が美しく着飾る中、デビュー当初から素顔を隠し、地味な装いをしていた。そのことについては両親も、『変な男が寄ってこなくていい』と言って賛成してくれた。

もちろん、社交界を避けられるなら、シャルティアナだってデビューなんてしたくなかった。兄弟姉妹が多ければそういう選択肢もあったかもしれない。だが、シャルティアナはクレイモン男爵家のたった一人の娘だった。

そんなシャルティアナが貴族の義務と言ってもいい社交を行わないなど、どんな噂《うわさ》をされるかわからない。クレイモン男爵家を貶《おとし》めることにもなりかねないのだ。婚姻も、父を通して結ぶことはできるかもしれないが、嫁いだ先の社交は避けられない。

それならば、早いうちから社交界で人脈を作っていく方が賢い選択だったのだ。

シャルティアナはハニーブロンドの髪をきっちりと結い上げ、化粧はベージュの口紅のみ。メガネと長い前髪で瞳を隠し、身体《からだ》のラインを隠すようなコルセットをつける。ビアンカが露出の多い真紅《しんく》のドレスを好むので、それを引き立てるために、紺色で露出の少ないドレスに身を包み、自分を目立たせることは極力控える。

そして、今日もシャルティアナはビアンカが夜会に現れるのを待っていた。誰とも喋《しゃべ》らず、気配を消すようにして壁際に立つ。

しばらくすると舞踏ホールの扉が開き、やはり真紅の煌《きら》びやかなドレスを纏《まと》ったビアンカが現れた。髪飾りやネックレス等のアクセサリーも派手で、ビアンカを見つけることは容易だった。

シャルティアナは最短距離で、ビアンカの元へと向かう。

「ごきげんよう。シャルティアナ」

金髪に金の瞳と派手な容姿を持ったビアンカは、美しいことは美しいのだが、少し吊《つ》り上がった目と強気な性格からか、キツイ印象を与える。そして、その着飾りすぎた姿に、淑女を好む男性から敬遠されることも少なくない。

「ごきげんよう。ビアンカ様。まぁ！　今日はモルトンの新色の口紅ですのね！　とても良くお似合いですわ。今宵《こよい》は皆、ビアンカ様の美しい唇に釘付けになることでしょう」

「あら、シャルティアナ。よくご存知ですこと。その通り、モルトンの新色ですのよ」

褒められたビアンカは上機嫌に微笑《ほほえ》む。

「ビアンカ様に少しでも近づきたいと思い、色々勉強をしておりますの。ですが私なんてまだまだですわ」

シャルティアナは心にもない言葉でビアンカをおだてた。そしていつも通り、ビアンカのたくさんいる取り巻きの最後尾に付き従う。

一団の向かう先は、美しいと最近話題になっている、バルティ子爵家の令嬢ミレーユのところだ。

「ごきげんよう。ミレーユ様。スタンス伯爵家のご子息、ブラッド様とご婚約されたとか。おめでとうございます」

「ごきげんよう……ビ、ビアンカ様。ありがとう、ございます」

ミレーユは明らかにビアンカを恐れているようで、カタカタと小さく震えていた。

「今宵も美しいですわね……あら？　そのドレス、以前の夜会でもお召しになっていたような？」

ビアンカの言葉に、すかさず最高のアシストが入る。いつもビアンカの隣にいるルーシュだ。

「ビアンカ様、ミレーユ様もご事情が……その、ほら、お父様の事業がねぇ？」

「まぁ！　そうだったわね。ドレスを新調することもままならない家と……ブラッド様もお気の毒ですわね」

ビアンカはバルティ子爵家の窮地《きゅうち》を笑い、取り巻き立ちもそれに倣《なら》い笑った。ミレーユは顔を真っ赤にし、琥珀《こはく》色の瞳《め》に涙を溜《た》めていた。そんな様子のミレーユに満足したようで、ビアンカは次の標的へと移動する。シャルティアナもそれに続く。

何とかビアンカの前では涙を堪《こら》えていたミレーユだったが、一団の最後尾にいたシャルティアナが横を通る時には、瞳から涙がこぼれていた。白く美しい頬《ほお》にぽろぽろと涙が伝っている。

「私もこのドレスを着るのは三回目ですの」

シャルティアナは通りすぎる瞬間に、ミレーユの耳元で囁《ささや》き、ハンカチを渡した。こんなことで、ビアンカの取り巻きをしている自分が許されるなんて思っていない。しかし、何もせずにいることなんてできなかった。

一瞬ミレーユの瞳が見開かれたが、シャルティアナを見て笑ってくれた。

ごめんなさい……。

シャルティアナは心の中で何度も謝った。

こんな風に、ビアンカやその取り巻き達が誰かを傷つければ、シャルティアナはこっそりとその相手を慰めていた。その相手は令嬢達に限ったことではない。できる限り周りに気を配り、時には、他家の侍女や使用人にも手を差し伸べた。

以前も、ある茶会に出席した際、ビアンカは飲み物を持ってきた侍女の手が荒れていたというだけで、汚らわしいと貶め罵《ののし》ったことがある。その時シャルティアナは、お手洗いに行くと言ってビアンカから離れると、その侍女を探した。そして、誰もいない暗い廊下の隅でその侍女を見つけると、優しく声をかけた。

『ごめんなさい。貴女《あなた》達が働いてくれているお陰で、私達は不自由なく楽しい時間を過ごせているというのに……本当にごめんなさいね』

『うっ、うっ、い、いえ。先ほどは、ご不快な、思いを……申し訳、ございません』

『不快だなんて思わないわ。貴女の手は働き者の良い手だわ。いつもありがとう』

シャルティアナは侍女の手を握って微笑んだ。そして後日謝罪の手紙とともに、その侍女には手荒れに効く軟膏《なんこう》を贈ったりもした。

こんなことをしても、ただの自己満足に過ぎないかもしれない。けれど、社交界で平穏無事に過ごすために、誰にも知られないようこっそりとシャルティアナは行動していた。結婚についても、ビアンカはもちろん、取り巻き達も全員決まってから相手を探すつもりでいた。目立たないよう、妬《ねた》みの対象とならないように。

これまではそれで上手《うま》くいっていた。これからも上手くいくはずだった。だが、そんなシャルティアナの計画をぶち壊す出来事が起こった。それはある男の一言からだった。

「シャルティアナ嬢、どうか私と結婚してください」

跪《ひざまず》き、右手を乞《こ》うように伸ばしているのは、身分的に上にはもう王族しかいない貴族のトップ、ハンデル公爵家の跡取り、レオナルドだった。赤みがかったブラウンの短い髪を後ろに流し、新緑の瞳の優しい眼差しに、立ち上がればシャルティアナなど、肩のあたりまでしかないほどの高身長。鼻筋は高く、薄い唇の大きな口は男らしく引き締まっている。

年も男性の結婚適齢期の二十五歳。王城では第一王子の補佐を務めている。レオナルドは、見た目も地位も何もかもが、令嬢達の憧《あこが》れの的だった。そんな人物の突然の求婚。辺りは驚きに静まり返っていた。

シャルティアナはすぐに周りを見渡した。しかし、わざわざビアンカに近づきたいと思う令嬢もいないため、シャルティアナの近くにはビアンカとその取り巻き達しかいなかった。

皆、少し離れた場所で一様に目を見開き、シャルティアナを見ている。

シャルティアナって他《ほか》にいたかしら……。

あくまでも自分ではないと思うシャルティアナは、あっちこっちに視線を送り、求婚された『シャルティアナ』を探す。だが、誰もいない。公衆の面前での求婚に、皆の視線がシャルティアナに突き刺さっている。そっとその場から身体をずらしてみても、視線が外れることはなかった。

そして、レオナルドから駄目押しの一声がかかった。

「シャルティアナ・クレイモン嬢、貴女です。貴女の心の美しさに、私は心を奪われたのです。どうか私の妻になっていただけませんか？」

シャルティアナは絶句した。目立つことはしてこなかったのに、レオナルドと関わることなどなかったのに、何故自分なのだと。男爵家の娘など、公爵家から見れば取るに足らぬもののはずなのに、戯れはやめてほしい。こんな貴族の華やかさのど真ん中にいるような人物は、自分に見合った相手を探してほしいと。それは絶対に、シャルティアナではなかった。

目を大きく開き、凍ったように動かないシャルティアナに、ビアンカが痺《しび》れを切らした。

「レ、レオナルド様、な、何かの間違いではないでしょうか？　こちらのシャルティアナはクレイモン男爵家のご令嬢ですのよ？」

ビアンカは丁寧に『こちらの』や『ご令嬢』という言葉をシャルティアナに使っているが、こんな低位の、男爵家の娘に求婚するなどあり得ないと言っているのだ。

そうよ、間違いだと言って……！

シャルティアナだって間違いだと思いたかった。

「間違いではありません。私は目の前にいる、シャルティアナ・クレイモン男爵令嬢に求婚しているのです」

レオナルドは強い眼差しでシャルティアナを見つめている。

な、何か答えなければ……。

シャルティアナは焦った。公爵家の人間の求婚を、男爵家の娘がこんな公衆の面前で断るなどあり得ない。レオナルドに恥をかかせるということは、公爵家に泥を塗ることだ。クレイモン男爵家などあっという間に潰されるに違いない。

けれど、ここで求婚を受け入れてしまっては、ビアンカ達どころか、全ての令嬢を敵に回すも同然だ。どうすればいいのかわからず、何を答えたら正解なのかシャルティアナにはわからなかった。

後ろからはビアンカとその取り巻き達の怒りを含んだ視線が、四方八方《しほうはっぽう》からはその他貴族達の好奇の視線が集まり、シャルティアナは針の筵《むしろ》に置かれたような気持ちだった。

そして何よりも、シャルティアナを追い詰めたのは、レオナルドの真摯《しんし》な視線だった。自分に伸ばされているレオナルドの手が、凶器にすら見えた。

「わ、私は……」

何か答えようとしたシャルティアナだったが、許容範囲を超える出来事に、頭がついていかず――

ああ……もう、ダ、メ……。

意識を手放し、力を失ったシャルティアナの身体はその場で崩れてしまった。

「シャルティアナ嬢！」

完全に視界が闇《やみ》に染まる前、温かい何かに包まれた気がしたが、それが何か、シャルティアナにはわからなかった。

次に目覚めると、シャルティアナは見慣れた自分のベッドの上にいた。窓からは優しい朝日が差している。

　夢だったのかしら……。

　シャルティアナは起き上がり、ベッドサイドに置かれていた冷たい水を飲んだ。ふぅ、とため息をつくと鮮明に昨夜の記憶が蘇《よみがえ》る。

「夢……じゃないわ！　あの時、私……倒れて……」

　昨夜、確かにシャルティアナはレオナルドに求婚されたのだ。誤魔化しも何もできない、大勢の前で。何故レオナルドが私なんかにと考えてみても、思い当たる節はなかった。

　そして、考えに耽《ふけ》っていると、部屋の扉がノックされた。入室の許可をすると、侍女のネイランが入ってきた。ネイランの手には赤い薔薇《ばら》の花束が抱えられていた。

　シャルティアナに嫌な予感が走る。

「おはようございます。シャルティアナ様。朝一番で、こちらがハンデル公爵家のレオナルド様より届きました」

　やっぱり……！

「ネイラン。昨夜私はどうやって帰ってきたの？」

「レオナルド様が馬車で送ってきてくださいました」

「そう……後でお礼の手紙を書くから用意をお願い」

「かしこまりました。薔薇は部屋に飾りますので、こちらを」

　薔薇の花束には、手紙が添えられていたのだ。シャルティアナは受け取ると、そっと手紙を開いた。

『シャルティアナ嬢、昨夜はあのような場所で求婚してしまったことを、お詫《わ》びいたします。やっと貴女に求婚できると思うと、逸《はや》る気持ちが抑えきれませんでした。私の指を手当てしてくださったあの日から、貴女のことが頭から離れません。一日でも早く、また貴女に会えることを願っています』

手紙を読んで、シャルティアナはまた驚いた。レオナルドのような人と一瞬でも関われば、忘れることはない。けれど、シャルティアナの記憶にレオナルドはいなかった。いつも遠くから眺めているだけ。もちろん近づきすらしていない。

「私、手当てなんてしてないわ……」

シャルティアナは困惑しながら、ネイランが活《い》けてくれた美しい薔薇を見つめた。

◇

『先日はご迷惑をおかけしてしまい、申し訳ございませんでした。送っていただきありがとうございます。それから、レオナルド様にお話ししたいことがあります。少しだけで結構ですので、お時間をいただけないでしょうか』

レオナルドはシャルティアナから届いた手紙を見て歓喜し、すぐに返事を書いた。

『少しだけなど寂しいことをおっしゃらないでください。それでは、貴女の体調のこともありますし、三日後の朝、お迎えに上がります。お会いできるのを楽しみにしています』

夜会では返事を貰《もら》うことができなかったが、シャルティアナからの話したいとのお誘いに、レオナルドは浮かれていた。鼻唄《うた》でも歌いそうなぐらいに。普段そんな様子を見せないレオナルドに、第一王子のブライアンは驚いた。

「随分と浮かれているじゃないか。レオナルドでもそのような顔をするのだな」

執務中にあまり無駄口を叩かないブライアンが呟《つぶや》いた。

第一王子であるブライアンは、背も高く整った顔をしているが、派手な容姿の者が多い王族の中ではあまり目を引く存在ではなかった。剣を振るう時、邪魔にならぬよう短く切られた髪はこげ茶色で、威圧感のある切れ長の目は真っ黒。よく言えば慎ましい、悪く言えば地味だった。

だが、そんなブライアンの低く響く声は、次期王に相応《ふさわ》しい威厳で溢《あふ》れている。

「ブライアン殿下、申し訳ありません。実は、ハンカチのレディからお誘いをいただいたのです」

「そのレディは、お前の求婚に気を失ったと聞いたがな。あんな大勢の前で求婚されるとは……レディには心底同情する」

「そ、それはっ！　ご存知だったのですね。父と母にやっと求婚する許可を貰えてつい……暴走してしまったと自覚しています」

「まぁ、相手は男爵家の娘だからな。反対もされるだろう」

「それはそうなのですが……」

レオナルドがシャルティアナに興味を持ったのは、ある夜会で指の傷を手当てしてくれた時だ。未婚の女性のほとんどは、レオナルドとお近づきになろうと些細なきっかけで名乗り、ダンスに誘ってほしいと訴えてくる。夜会に出れば令嬢達に捕まり、友人と話すこともままならない。公爵家に生まれ、整った容姿で生まれたレオナルドには、それが当たり前だった。

けれどシャルティアナは違った。

その日、レオナルドは服に施された装飾で、指を切ってしまった。案外深く切っていたようで、なかなか血は止まらなかった。使用人に頼んで手当てをしてもらってもいいが、せっかく令嬢達に囲まれる舞踏ホールから抜けられたのにと、レオナルドは戻る気になれなかった。誰もいないバルコニーで、夜会が終わるのを待とうと思っていた。

『手を見せてください』

振り向くと、紺色のドレスにメガネをかけた女性が、レオナルドへハンカチを差し出していた。

『ああ、これくらい大丈夫ですから』

断ろうとしたが、その女性はレオナルドの手を掴《つか》むと、ハンカチをぎゅっと巻きつけて止血をしてくれた。

『すみません。ありがとうございます』

お礼にダンスにでも誘おうかと思ったレオナルドだったが、その女性は手当てをすると、何も言わずにすぐに立ち去ってしまったのだ。あまりにも新鮮な対応だった。ダンスに誘うことがお礼になると自惚れていたことが、恥ずかしいと感じるほどに。

名前だけでも聞こうと、レオナルドは舞踏ホールへ向かい、紺色のドレスを探した。華やかな場で紺色のドレスを着る者は珍しい。顔はあまりはっきりとは見ていなかったが、メガネをつけていたことはわかっている。

舞踏ホールを見渡すと、レオナルドはすぐに彼女を見つけることができた。真っ赤なドレスに身を包み、派手な化粧を施した、ビアンカの一団の中に。

あれは、キースター侯爵家の……。

レオナルドの顔が険しくなった。ビアンカの噂はレオナルドも聞き及んでいる。そんなビアンカの取り巻きとなると、ハンカチのレディへの興味が一気に冷《さ》めていく。レオナルドが見ている先でも、ビアンカは爵位の低い令嬢を虐《いじ》めているように見えた。

なんと愚かな……あれは？

踵《きびす》を返そうとしたレオナルドの目にあるものが映った。ビアンカに嫌味を言われたのだろう令嬢へ、ハンカチのレディが何か耳打ちしたのだ。追い討ちをかけるように、何か悪口でも言ったのだろうかと見ていると、耳打ちされた令嬢は笑顔を見せた。

レオナルドは息を吹き返した興味の向くまま、ビアンカの一団が去ると、その令嬢に声をかけた。

『すみません。先ほどのやり取りを見ていたのですが、最後に紺色のドレスの女性には何を言われたのでしょうか？』

『お、お恥ずかしいところをお見せして申し訳ありません。紺色の女性とは、シャルティアナ様でしょうか。私はビアンカ様と同じ、赤いドレスを着ていたことを咎《とが》められたのですが、シャルティアナ様は、貴女の方がよく似合っているから僻《ひが》んでいらっしゃるのよ。貴女もドレスもとっても素敵ですね。と褒めてくださったのです』

『そうでしたか……シャルティアナ嬢の家名はご存知ですか？』

『クレイモン男爵家だったと思いますが……』

レオナルドは頬を赤らめて見つめてくる令嬢をお礼にダンスへと誘い、他の令嬢達に囲まれる前にその場を離れた。

初めは興味からだった。何故、悪女の取り巻きに優しい者がいるのかと。それからレオナルドは、シャルティアナについて調べた。ビアンカの取り巻きの中にいながらも、彼女の評判は良かった。それは令嬢達だけでなく、使用人や侍女達にも。シャルティアナのことを聞けば、悪く言う者はいない。とても良い女性だと皆が言う。それなのに、今まで噂になった男性もいないという。

夜会のたびに、レオナルドは気づけばシャルティアナを目で追っていた。それは回を重ねるごとに、興味から恋に変わった。大国ゼフィールの公爵家、それも嫡男の婚姻は、王族の降嫁や他国の貴族との関係もあり、なかなか本人の思い通りになることはない。だが、レオナルドはどうしても、シャルティアナを妻にしたかった。何故と理由を聞かれても、恋をしてしまったとしか答えられない。

それに公爵夫妻は反対した。クレイモン男爵家を低位貴族と蔑《さげす》んだからではない。レオナルドの妻となれば、先は公爵夫人だ。王族の次に身分の高い女性となるのだ。

だが、妻の生家の力が弱ければ他の貴族から軽んじられる可能性がある。義理の娘となるレオナルドの妻には、辛《つら》い道を歩んでほしくないというのが、公爵夫妻の考えだった。それをレオナルドが長い時間をかけて説得し、『お前が生涯《しょうがい》をかけて守ると誓うなら』と、やっと貰えた許可だった。

結婚を申し込める、求婚できると思うと、シャルティアナを見つけ、身体が勝手に動いてしまった。ほとんど面識のない令嬢に、いきなり求婚してしまったことは暴走以外の何でもない。

でもまさか気を失うほど混乱させてしまうとは……。

レオナルドは誠心誠意謝罪しようと心に決め、三日後の逢瀬《おうせ》に想いを馳《は》せた。

2　人違い

行きたくないわ……。

シャルティアナは心の底から、今日の約束が億劫《おっくう》だった。

レオナルドはシャルティアナの人生に大きく関わることなどないと思っていた人物だ。社交界という、同じ場所にはいるが、違う世界に住む人だと思っていた。いつも遠くから見ているだけ。何故《なぜ》なら、あまりにも自分とは身分が違いすぎるからだ。

レオナルドからすれば、歴史も何もない、金で爵位を買った、クレイモン男爵家の娘など、平民と大差ないだろう。

シャルティアナの両親だって、求婚されたことを喜んではいたが、レオナルドが人違いをしていると伝えると、残念そうにしながらも、どこかホッとしている様子だった。

これ以上レオナルドに関わってしまうと、ビアンカとの関係が悪化してしまう。今まで何のために、したくもない取り巻きをしてきたのだ。それは平穏無事に過ごすためだ。

シャルティアナは深呼吸すると、失礼にならない程度に髪を束ね、薄ピンクの口紅を塗った。この程度なら侍女にしてもらうほどのものではない。そしてメガネをかけ、前髪を下ろし、瞳《ひとみ》を隠した。

選んだドレスの色はモスグリーン。あまり未婚の令嬢が好んで着る色ではない。だが、シャルティアナはあえてそれを選んだ。地味すぎると、レオナルドに幻滅してもらえれば御の字だ。

そして、迎えに来てくれるというレオナルドを待たせるわけにはいかないため、シャルティアナは手早く身支度を整えると、屋敷の門の前で静かに待った。

暑い日差しがジリジリとシャルティアナを照らすが、反対に心は冷《さ》めきっていた。

なんとしても求婚を取り消してもらわないと……。

公衆の面前での求婚には驚いたが、クレイモン男爵たる父親に、正式な手順で縁談を申し込まれたわけではない。もしも、正式な申し込みをされていれば、男爵家が公爵家との縁談を断ることなんてできない。今ならまだ、間違いだったと求婚を取り消してもらうことができるのだ。

社交界では傷物扱いされるだろうが、ビアンカのような、気の強い令嬢達を敵に回すよりは良い。きっと、そんなシャルティアナでもいいと言ってくれる人はいるはず。

レオナルドを待つシャルティアナは、これからの平穏な生活のためとはいえ、戦場に乗り込むような気分だった。

しばらくして、ガラガラと馬車の近づいてくる音が聞こえた。目の前に、盾の家紋が金で描かれた馬車が停《と》まる。ハンデルル公爵家の家紋だ。

「シャルティアナ嬢、こんな外で！　遅くなり申し訳ありません。どうぞお乗りください」

焦って馬車から飛び降りたレオナルドが、シャルティアナに手を差し伸べた。

「ごきげんよう、レオナルド様。私が勝手に時間よりも早く待っていただけですので、お気になさらないでください」

レオナルドの手にそっと自らの手を重ね、シャルティアナは硬い表情のまま馬車に乗り込んだ。

流石《さすが》は公爵家の馬車。座席は柔らかく、身体《からだ》の大きいレオナルドと向かい合って座っても、まったく窮屈《きゅうくつ》さを感じない。

「今日は当家が管理する薔薇《ばら》園をご案内したいと思いますが、シャルティアナ嬢、いかがですか？」

満面の笑みで嬉《うれ》しそうなレオナルドに、シャルティアナは一刻も早く人違いをしていると伝えなければと思い、まだ馬車が動きだす前に話を始めた。

「はい。ですが、その前に少しお話ししてもよろしいでしょうか？」

シャルティアナは背筋を伸ばし、目の前に座るレオナルドの新緑の瞳を見つめる。

「ええ、そうですね。薔薇園に向かいながら話しましょう」

レオナルドが御者に合図を送ると、ゆっくりと馬車は動きだした。あわよくば人違いを伝え、馬車を降りようと思っていたシャルティアナはため息をついてしまったが、レオナルドはそれに気づかない。

「まずは私から、先日はあんな大勢の前で申し訳ございませんでした。貴女《あなた》に結婚を申し込める喜びに浮かれて、あのような愚行を犯してしまいました。ですが、あの時の気持ちに間違いはありません」

「それは、お手紙でもお詫《わ》びいただきましたし、もう済んだことです。私も気を失ってしまい申し訳ございませんでした。あの後、レオナルド様が送ってくださったとか……ありがとうございました」

シャルティアナは頭を下げた。

「そんな！　私の愚行のせいですので、当たり前のことです。どうか顔を上げてください」

レオナルドが慌てたため、シャルティアナは頭を上げた。

「あの、それで、レオナルド様、お伝えしなければならないことがございますの」

「求婚したことの返事は急いでおりません。シャルティアナ嬢は、まだ私のことをあまりご存知ではないのではありませんか？」

「それは……そうですが、お手紙に書かれていたことなのです」

「手紙がどうかしましたか？　あの時は、お声をかけていただきありがとうございました。手当てしてくれたのが貴女で良かった。そうでなければ、貴女とこうして出かける喜びを知ることはなかったでしょう」

「違うのです！　それ私っ！　きゃぁ」

「危ない！」

シャルティアナが、私じゃないと言おうとした時、急に馬車が跳ねた。その勢いでシャルティアナの身体は座席から飛び上がってしまう。

このままでは身体を硬い馬車に打ち付けてしまう。そう思い、痛みに備えてシャルティアナは目をぎゅっと瞑《つむ》った。

しかし、痛みを感じることはなかった。何故なら、突然の出来事にもかかわらず、レオナルドが逞《たくま》しい腕でシャルティアナを抱きとめてくれたからだ。

女性とは違う、広くて硬い男性の胸に思わず顔が赤くなる。

「も、申し訳、ございません」

「私は大丈夫です。それより、貴女に怪我《けが》はありませんか？」

「は、はい」

「石に乗り上げてしまったのでしょう」

レオナルドは馬車の揺れが落ち着くと、シャルティアナを元の位置に座らせてくれた。そして、その言葉通り外から御者の、石に乗り上げてしまった謝罪と、怪我はなかったかと確認する声が聞こえた。

無事だと答えるレオナルドの表情は全く変化していない。にこにこと笑みを浮かべ嬉しそうにシャルティアナを見ている。

しかし、シャルティアナはドキドキと早鐘を打つ心臓に、レオナルドを直視することができなかった。そして、それは薔薇園に着くまで続いた。

「どうぞお手を」

薔薇園に着くと、レオナルドはすぐに馬車を降り、シャルティアナのために手を差し出してくれた。

「あ、ありがとうございます」

何とか落ち着きを取り戻したシャルティアナは、ゆっくりと馬車を降り、レオナルドにエスコートされ、薔薇園へと足を踏み入れた。

「……まぁ！」

そして、視界いっぱいに広がる美しい薔薇に感嘆の声を上げた。赤、白、ピンクなど、様々な薔薇が美しさを競うように咲き誇っている。そのあまりの美しさに、シャルティアナは一瞬で薔薇園の虜《とりこ》となってしまった。

「まぁ！　オレンジ色の薔薇もあるのね。とても綺麗《きれい》ですわ……」

珍しい色の薔薇を見つけてシャルティアナが見惚《みほ》れていると、レオナルドはその薔薇を手折《たお》り、棘《とげ》を取って髪に挿してくれた。

「とても綺麗です。この薔薇も貴女の髪を飾ることができて幸せでしょう」

「あ、ありがとうございます」

美しさを隠すため、普段からあまり髪飾りなどを付けないシャルティアナだったが、おしゃれをしたいという気持ちはもちろんあった。

他《ほか》の令嬢達からすればたった一輪の薔薇だろう。だが、シャルティアナにはそのたった一輪の薔薇が嬉しかった。美しく装ってはいけないとは思いつつも、髪を飾られると心が躍ってしまう。

そして、行きの馬車での硬い表情がなくなったシャルティアナは、薔薇の香りを胸いっぱいに吸い込み、レオナルドに案内されるまま薔薇園を心行くまで楽しんでしまった。

「楽しんでいただけているようで私も嬉しいです」

薔薇のお茶をいただいていると、レオナルドがキラキラとした笑顔で話しかけてきた。

「はい。素敵なところに連れてきてくださり、ありがとうございました。美しい薔薇達にとても癒《いや》されました」

「それは良かったです。この薔薇園は私が初めて父から運営を任された場所なのです。任された当初は赤い薔薇しかなかったのですが、研究者を集め、色とりどりの薔薇を育成することに成功しました。

なかなか苦労したのですがね。そんな薔薇園を貴女に楽しんでもらえると、苦労したかいがあったと思えます」

レオナルドの言葉にシャルティアナは、もう一度薔薇園を見渡した。赤い薔薇しかなかったということが嘘《うそ》に思えるほど、色とりどりの薔薇が咲いている。

「レオナルド様のおかげでこんなにも美しい薔薇に出会うことができたのですね」

そう言ってレオナルドに微笑《ほほえ》むと、シャルティアナはもう一度お茶を飲んだ。薔薇の香りが口いっぱいに広がり、なんとも幸せな気分にさせてくれる。こんな豊かな香りを楽しめるお茶は初めてだった。

「このお茶もここで作っているんですよ。ここで育成している全《すべ》ての薔薇のお茶を作ることが今の目標です」

褒められたことが嬉しいのか、レオナルドは少し照れたように笑っている。しかし、これにシャルティアナは驚いた。

第一王子の補佐官を務め薔薇園を管理し、お茶の開発まで手掛けるなど、並大抵の者ができることではないからだ。

「今はまだこの薔薇園でしか飲むことができませんが、ハンデル公爵領の特産品として数年以内に商品化したいと思っています。次は実際にお茶を作っているところを案内いたします」

レオナルドが立ち上がり、エスコートのために右手を差し出している。シャルティアナは興味の引かれるまま立ち上がりレオナルドの手を取った。

「ぜひお願いします」

こうしてシャルティアナは伝えようと思っていたことを忘れるほど、一日中薔薇園を満喫してしまい、そのことを思い出せたのは帰りの馬車だった。

「本日はありがとうございました」

揺れる馬車の中でシャルティアナはレオナルドにお礼を伝えた。

「いえ、こちらこそ楽しい時間をありがとうございました。また、お誘いしてもよろしいでしょうか」

「あの、その前に……」

満面の笑みを浮かべるレオナルドを、シャルティアナは真剣な目で見つめた。そして人違いをしていると伝えようとした時、突然レオナルドが険しい顔をした。

「ああ！ シャルティアナ嬢、右手を見せていただけませんか？」

「えっ？ 右手ですか？」

「指から血が」

シャルティアナが自分の指を確認するとうっすらと血の跡があった。夢中になるあまり、薔薇の棘で指を怪我してしまっていたようだ。

「薔薇の棘が少し刺さったのでしょう。痛みもありませんし、これくらい大丈夫です」

「いけません。私にも手当てをさせてください」

そう言ってレオナルドはポケットからハンカチを出すと、シャルティアナの右手に巻いてくれた。

「貴女も私に同じようにしてくださいましたね」

嬉しそうに微笑むレオナルドに心が痛くなった。

シャルティアナはハンカチの巻かれた手を握ると姿勢を正した。

「そのことですが……お伝えするのが遅くなり、申し訳ありません」

「ああ、そうでしたね。楽しくて貴女のお話を聞くのが遅くなってしまった。こちらこそ、申し訳ありません」

「いいえ……あの、レオナルド様がおっしゃっていた、手当てなのですが、身に覚えがないのです。どなたかと間違っていらっしゃるのかと……」

「えっ？　ま、ちが、い？」

レオナルドから笑顔が消えた。いつでも、どんな時でも笑っていたのに。

「私は貴方《あなた》の指の手当てをしておりません」

シャルティアナの言葉にレオナルドは、新緑の瞳を見開き硬まったように動かなくなってしまった。

あまりにもショックが大きいのだろう。無理もない。今の今まで、手当てをしてくれた思い出の女性がシャルティアナだと思い込んでいたのだから。しかも、公衆の面前で求婚までしてしまっている。

ちょうどその時、馬車はクレイモン男爵家に到着した。

「あの……私はこれで失礼いたします。本日はありがとうございました」

シャルティアナが頭を下げて立ち上がると、レオナルドも弾《はじ》かれたように立ち上がり、馬車を降りるための手を差し出してくれた。しかし、レオナルドが言葉を発することはなく、表情を凍りつかせたまま帰っていった。


その日の夜、シャルティアナはベッドに入り今後のことを考えていた。

これで正式な結婚の申し込みはされないはず……。

完全に人違いだったのだから、レオナルドとシャルティアナの人生は、もう交わることはないはずだ。

あとはビアンカ達から憐《あわ》れみと小言を貰《もら》えば済む。多少の嫌味には耐えよう。

父と母にも昨夜、レオナルドとの顛末《てんまつ》を伝えた。普通、娘が求婚されたのに間違いだとなれば侮辱されたと親は怒るだろう。だが、男爵家から公爵家に嫁ぐなんて、土台無理な話だったのだ。身分差がありすぎる。両親も心の中ではそう思っていたのだろう。ハンデル公爵家に対して怒りなど抱いていなかった。『シャルティアナが良いと思う人を探しなさい』と言ってくれた。

身の丈に合った人でないとね……。

五日後にまた夜会がある。その時は人々の好奇の目に晒《さら》されるだろうが、何度か我慢すれば皆新しい話題に移っていくだろう。社交界では話の種は尽きない。いつの間にか、シャルティアナのことなど忘れてくれるはずだ。そうすれば、今まで通り平穏に過ごしていくことができる。

そして、ビアンカ達の結婚が決まれば、家格の釣り合うレオナルド以外の人とシャルティアナも結婚する。平凡な幸せを手に入れることができるのだ。間違いで求婚されたことなどなかったことにできる。

求婚されてからずっと憂鬱《ゆううつ》だったが、やっと安心することができる。

それなのに、人違いだと伝えた時のレオナルドの顔が、シャルティアナの頭から離れない。あんなにも笑っていたレオナルドが表情をなくし、一言も発さなくなったのだ。人違いをしたのはレオナルドだが、もう少し良い伝え方があったのかもしれない。

美しい薔薇達に癒されたはずなのに、呆然《ぼうぜん》とし深く傷ついたレオナルドの顔を思い出すだけでずきずきと心が痛んだ。

◇

「殿下……こちらの書類も、お願いします……」

「あ、ああ…」

休暇前の浮かれぶりは見事になくなり、なんとか仕事はこなしているが、暗く落ち込むレオナルドにブライアンが首を傾《かし》げていた。

「おい、何かあったのか？　どうしてそんなに落ち込んでいるのだ。昨日は愛《いと》しいハンカチのレディとのデートだったのだろう？」

「それが……ハンカチの、レディではなかったのです」

「はぁ？」

ブライアンはレオナルドの言葉が、すぐには理解できなかった。レオナルドは先ほどよりも目に見えて暗い顔をしている。

「シャルティアナ嬢は……ハンカチのレディではなかったのです」

「どういうことだ⁉」

「傷の手当てをした覚えはないと、私は人違いをしていると、言われました」

胸を苦しそうに掴《つか》むレオナルドは、今にも血を吐きそうなほどに顔を歪《ゆが》めている。

「な⁉　お前……間違えるか普通。求婚までして……」

驚いたブライアンが急に立ち上がり、その勢いに耐え切れなかった椅子《いす》が音を立てて倒れた。

「そんなの……私だってわかっていますよ！　だから落ち込んでいるのです！」

昨日、人違いだと伝えた後、シャルティアナはすぐに帰ってしまった。レオナルドも、愛しいハンカチのレディがシャルティアナではなかったことにショックを受け、引き止めることができなかった。

何を話せば良いのか、頭が真っ白になっていたのだ。別れの挨拶《あいさつ》すらまともにできなかったほどだ。

レオナルドは、紺のドレスにメガネだということだけで、ハンカチのレディがシャルティアナだと思い込んでしまった自分を恥ずかしく思った。

何故もっとよく探さなかったのか……。

そして、シャルティアナにも何と失礼なことをしたのだろうと嘆いた。レオナルドは、シャルティアナが身に覚えのないことで好きになったと伝えたのだ。シャルティアナを見つめながら別人への好意を伝えたということだ。女性に対して失礼にも程がある。しかも、それを公衆の面前でしてしまった。

ガンッ！

レオナルドは執務机に額を打ち付けた。その衝撃で置かれていた書類が宙を舞って床に落ちていく。

「おいっ！　何をしている!?」

「殿下……私を思いっきり殴ってください……私はなんてことを……男の屑《くず》だ……」

情けない声でレオナルドは請うたが、次の瞬間襟《えり》を掴まれ乱暴に顔を上げさせられた。

「いい加減にしろ！　全く……ハンカチのレディがシャルティアナ嬢ではなかったことがそんなにショックなのか？」

「ええ、ショックです！　シャルティアナ嬢にも多大な迷惑を……殿下！　どうか私を殴ってください！」

レオナルドは目の前にいるブライアンに縋《すが》りついた。

「ええい！　離せ！　お前は、シャルティアナ嬢を愛していたのか、ハンカチのレディを愛していたのか、いったいどっちなのだ！　誰《だれ》を見ていたのだ？」

縋りついた手を振り払われたレオナルドは床に膝《ひざ》をついた。

「私は……」

「反対する両親を説得したのは誰と結婚したいと思ったからなのだ。俺《おれ》には何故お前がそこまで落ち込んでいるのか理解できない」

私が見ていたのは……愛したのは……求婚したのは……。

指の怪我を、ハンカチで手当てしてくれたレディに興味を持ったのは事実だ。だが、シャルティアナ嬢の人となりを聞くうちに、その優しく思いやりのある心根に惹《ひ》かれたのだ。手当てをしてくれたから好きになったのではない。手当ては彼女を知った、ただのきっかけに過ぎない。

愛したのは、それがシャルティアナだったからだ……！

「……殿下！　ありがとうございます！　わかりました！　明日休みをください！　シャルティアナ嬢にもう一度会いに行きます！」

やっと自分の気持ちを自覚することができたレオナルドは勢いよく立ち上がり、ブライアンに頭を下げた。その顔には笑みが浮かんでいる。

「戯《たわ》け！　暴走するな！　もう少し己の考えをまとめてから行動に移せ！　そんな突進するように来られては、シャルティアナ嬢も迷惑だ！　それに、今回のことで、公爵夫妻と話し合うこともあるだろう」

「そうですね……も、申し訳ありません……次の夜会には……」

ブライアンに叱《しか》られたレオナルドは、すごすごと執務机に戻り、ペンを手に仕事を再開した。

レオナルドの仕事に関して、ブライアンは今まで文句など一つもなかった。頼んだ仕事は、頼んだ以上の成果を出し、期日よりも早く完璧《かんぺき》に仕上げる。冷静沈着《れいせいちんちゃく》で、既成概念に囚《とら》われることもなく、柔軟に物事を考えられる。ブライアンはそんなレオナルドを信頼していた。

それがこれほど使い物にならぬ阿呆《あほう》になるとは……。

恋や愛が人を変えるとは聞いていたが、ここまでとは思っていなかったブライアンは、レオナルドの変貌《へんぼう》ぶりに、もはや苦笑するしかなかった。

3　再び

今日は、レオナルドに間違えて求婚されてから初めての夜会。

シャルティアナは大きな瞳《ひとみ》を隠すようにメガネをかけ、レースなど飾りの少ない地味な紺色のドレスを纏《まと》う。いつにも増して宝石類も少なくし、できるだけ目立たないよう心がけた。

だが、どれほど地味で目立たないような装いであっても、今日ばかりは注目の的になるだろう。注目されることに、ビアンカなら大喜びしそうなものだが、平穏を望むシャルティアナにとっては苦痛でしかない。それも、好奇の視線を浴びることになるなら尚更《なおさら》だ。

「いつも通り、いつも通り……大丈夫」

自分に言い聞かせるように、何度も何度も呟《つぶや》いた。ビアンカを見つけ、レオナルドに求婚されたことは間違いだったと伝えるのだ。ビアンカと取り巻き達の嫌味を聞き流し、後はいつものように振舞うだけ。それで、元通りになる。

ふぅーっと長い息を吐くと、覚悟を決めて舞踏ホールの扉をくぐった。

その瞬間からこちらを窺《うかが》い、ヒソヒソと何やら話す皆の視線がシャルティアナに集まる。どれだけ静かに歩いていても、いつもの地味で目立たない装いが、かえってシャルティアナだということを強調し、見つけやすくしている。

そんな視線に一瞬怯《ひる》んだものの、シャルティアナは背筋を伸ばしビアンカを探した。今夜の広い舞踏ホールでも、真っ赤なドレスと派手な一団はすぐに見つけることができた。

ゆっくりとビアンカに向かって歩きだす。どんなに何事もなかったように振る舞っていても、上手《うま》く話せるだろうかと心配になるほど、緊張で喉《のど》はカラカラに渇いていた。

「あら、ごきげんよう、クレイモン男爵令嬢」

近づくシャルティアナに気づいたビアンカが、先に声をかけてきた。

「ごきげんよう、ビアンカ様。本日も美しいドレスですね」

「まぁ！　ありがとう。未来の公爵夫人に褒めていただけるなんて。でも貴女《あなた》は今日もそのような装いですの？　ふふ、笑ってしまうわね。こんな地味で大して美しくもない……レオナルド様がお可哀《かわい》想《そう》だわ」

『シャルティアナ』ではなく、『クレイモン男爵令嬢』と呼ぶビアンカは、シャルティアナを敵とみなしているようで、やはり口撃を仕掛けてきた。今まで、見下してきたシャルティアナが、自分より高位の公爵家に嫁ぐということが許せないのだろう。

「そうですわよね。レオナルド様にはクレイモン男爵令嬢よりも、ビアンカ様の方が美しくて、それに家格も釣り合いますのに」

ルーシュはすかさずシャルティアナを貶《けな》し、同時にビアンカを持ち上げる。

「まぁ！　ルーシュ。いくら正論だと言っても、お口が過ぎますわよ！　レオナルド様がクレイモン男爵令嬢を、お選びになったのですもの」

ビアンカはルーシュを口では咎《とが》めているが、顔は笑っており、蔑《さげす》むような視線でシャルティアナを見てくる。

「ビアンカ様、ルーシュ様。私が公爵夫人になるなどあり得ません」

「……レオナルド様からの求婚を断るとでも言うの!? 男爵令嬢ごときが! 嘘《うそ》をつくな!」

激高したルーシュがシャルティアナに詰め寄るが、それを止めたのは意外にもビアンカだった。

「ルーシュ、お待ちなさい。……それで?」

ビアンカはシャルティアナに続きを促してきた。なんとか話を聞いてもらえることになり、シャルティアナは必死に笑顔を作った。そして、声が震えないように気をつけながら話し始めた。

「皆様がおっしゃる通り、私は地味で美しくない女なのです。男爵家の娘で身分的にもレオナルド様に相応《ふさわ》しくありません。それに……あの求婚はレオナルド様の間違いでしたの」

「なっ!? ……レオナルド様は間違いで、あんな大勢の前で貴女に求婚したと言うの?」

ビアンカのきつい視線がシャルティアナを突き刺す。取り巻き達もあり得ないと騒ぎだした。

「はい。レオナルド様にも確認いたしました。人違いだったのです。レオナルド様の想っていらっしゃる方は私ではございませんでした」

「その想っていらっしゃる方とは?」

ビアンカは興味を持ったのか、シャルティアナへの視線が和《やわ》らいだ。

「私にはわかりかねます。しかし、レオナルド様の指を手当てした方だと伺いました。それは私ではないのです。レオナルド様の指の手当てなどしておりません。まったくの別人でした」

「指の、手当て?」

「はい。レオナルド様は指の手当てをしてもらったことをきっかけに、その令嬢に想いを寄せられたとか。どうして私のような者と間違われたのかはわかりませんが……」

「……ぷっ……あははは！　シャルティアナ、貴女、なんてお気の毒な方なの？　あんな、大勢の前で……それが間違いだったなんて。可哀想な子」

ビアンカが笑いだすと、その取り巻き達も笑いだした。これで元通りになる。シャルティアナはようやく緊張を解くことができた。

そのうち、人違いでレオナルドが求婚したことが知れ渡るだろう。レオナルドの評判を落としてしまうことになるかもしれないが、シャルティアナだってそれは同じだ。いや、もっと悪いだろう。

あとは時間が解決してくれるわ……。

和解することができ安堵《あんど》の笑みを浮かべたシャルティアナは、ビアンカの一団の最後尾で、いつも通り取り巻きとしてついていった。

しばらくは顔を隠すように俯《うつむ》いて歩いていたが、自分への視線が和らいでいることに気がついた。顔を上げて周りを見てみると、シャルティアナが一団に戻ったことで人々の興味を引いたのか、ビアンカに視線が集まりだしていたのだ。

普段、気の強いビアンカとは進んで社交をしようと思う者は少なかったが、今日だけは違った。好奇心旺盛《おうせい》な貴族達がこぞってビアンカに話しかけてきたのだ。

それに気を良くしたビアンカは、頼んでもいないのに行く先々でシャルティアナが間違いで求婚されたことを言って回った。そして、憐《あわ》れみの表情と言葉をシャルティアナは何度も貰《もら》うこととなった。

『お可哀想に』『また良い人が現れますよ』などと言われるたびに、シャルティアナは居心地の悪さを感じたが、なんとか笑ってやり過ごした。

そのおかげか、今夜はビアンカの標的となる令嬢や使用人はおらず、シャルティアナ以外にとっては平和な夜だった。誰《だれ》も傷つく者がいないのは良かったのだが、シャルティアナの精神的負担はとても大きかった。早くビアンカや他《ほか》の貴族達が、この話題に飽きてくれることを切に願った。

だが、シャルティアナの願いは叶《かな》うことはなく、また面白おかしくも、ビアンカや他の貴族達に話のネタを提供してしまうこととなってしまう。

「シャルティアナ・クレイモン嬢。少しお時間をいただけないでしょうか」

ビアンカの一団の最後尾で、大人《おとな》しくしていたシャルティアナに声がかけられた。聞き覚えのある声に振り向くと、そこにはもう二度と関わらないであろうはずの人物が立っていた。

それは満面の笑みのレオナルドだった。

「なっ！　……レオナルド様、人違いだとお伝えしたはずですが！」

また平穏に過ごすため、ビアンカ達の嫌味や人々の不躾《ぶしつけ》な視線に耐えていたというのに、何故《なぜ》それをぶち壊してしまうのかと、シャルティアナはレオナルドに怒りを覚えた。後ろから、ビアンカが氷のように冷たい瞳で、睨《にら》みつけていることが容易に想像できたから尚更だ。他の貴族達からも、更に強い視線を感じる。

「人違いなのですが……人違いではないのです。どうか、もう一度、私の話を聞いてください」

「レオナルド様、おっしゃっていることが矛盾しております。それに、もうお話しすることはありません。それでは失礼いたします」

シャルティアナは周りにアピールするために、あえてレオナルドを冷たく突き放し、背を向けた。

シャルティアナが振り返ると、案の定、ビアンカは剣呑《けんのん》な雰囲気で、取り巻き達も誰一人笑っていなかった。

「も、申し訳ありません。ビアンカ様……何でもありませんから」

シャルティアナはビアンカに謝罪し、釈明しようとした。だが、シャルティアナの身体《からだ》は急に後ろに引かれ、揺らいだため、次の言葉を紡ぐことができなかった。

「少し来てください！」

「なっ⁉」

レオナルドは、話を聞くそぶりを見せないシャルティアナの手を掴《つか》むと、舞踏ホールをグイグイ進み、バルコニーへと向かっていく。そのバルコニーに出るまでの間、どんな目で見られているかなど、レオナルドが気にしている様子はない。

どれほどご自分が注目される存在か、ご存知ないのかしら……。

シャルティアナは真っ青になりながらも、こんな大勢の前で、手を振りほどいたり声を荒らげたりすれば、もっと注目を浴びると考え、黙ってレオナルドに従った。

針のようなチクチクとするたくさんの視線に、シャルティアナは全身に穴が開いてしまうかのような心地だった。

舞踏ホールから僅《わず》かな光が差すだけの、ほとんど暗闇《くらやみ》のバルコニーで、レオナルドとシャルティアナは向き合った。他に何組か先客がいるようだが、小声で話せば聞こえる距離ではない。

ここまで来てしまったからには、何が何でもレオナルドに人違いとわかってもらえるようしっかりと話をつけるしかない。シャルティアナはレオナルドに向き直った。

「レオナルド様、私は平穏に過ごしていたいのです。このように注目されることは望んでおりません。それから、そろそろ手を離していただけませんか？」

「っ!? も、申し訳ない。どうしても貴女に話を聞いてほしくて……」

レオナルドは慌ててシャルティアナの手を離すと顔を赤らめた。

この方に悪気は一切ないのね……。

耳まで真っ赤にしているレオナルドに、嘘などないのだろう。

「それで、お話とは何でしょうか。ここまで来てしまったので伺います」

「あ、ああ……貴女の言う通り、指の手当てをしてくれた女性はシャルティアナ嬢ではありませんでした。ですが、私が好きになったのはシャルティアナ嬢、貴女なのです」

レオナルドは真剣な目で見つめてくる。

「以前、手当てをした女性に想いを寄せておられるとおっしゃっていたではありませんか」

シャルティアナは睨むようにレオナルドの目を見つめた。だが、そんな強い視線にも、レオナルドに怯む様子などない。

「確かにそう言いました。しかし、それは手当てをしてくれた女性が、貴女だと思っていたからです。それに、それはキッカケに過ぎないのです。貴女だから好きになったのです。貴女だと思っていたから、手当てをしてくれた思い出が大切だったのです。それが貴女でないなら、なんの価値もありません」

「ですが」

「私の気持ちを否定しないでください。真実、私は目の前にいるシャルティアナ嬢、貴女を愛しています」

真摯《しんし》に気持ちをぶつけてくるレオナルドから、本当に自分を愛してくれている気持ちが伝わってくる。しかし、その気持ちがわかったからと言って、頷《うなず》くことなどシャルティアナにはできなかった。

「……私はレオナルド様に愛していただけるような者ではありません。こんな美しくない女ではなく、レオナルド様はもっとご自分に相応しい方をお選びください」

熱い視線に耐え切れなくなったシャルティアナは、俯き顔を背けた。

「私が愛したのは貴女の心の美しさです。優しさや思いやりに溢《あふ》れる貴女だから好きになったのです。キースター侯爵令嬢の一団にいながらも、優しい心を失わなかった。だからっ」

レオナルドに左手を掴まれ、驚いたシャルティアナは振りほどこうとした。

「は、離してください！」

しかし、大きな手でしっかりと握り込まれているため、痛みはないがシャルティアナの力では振りほどくことはできなかった。

「離しません。離したくありません。貴女に私の気持ちが伝わるまで」

「私は……私はただの臆病《おくびょう》者です。社交界で平穏に暮らすために、どんな方なのかを知ってビアンカ様の取り巻きになった卑怯者《ひきょう》。それなのに、誰にも嫌われたくなくて……私は偽善者なのです」

勢いで卑怯な自分の本音を初めて話してしまい、シャルティアナは狼狽《うろた》えた。

「あ、あの……その」

しどろもどりになり、言葉を続けることができない。

もう私になんて幻滅して……。

涙が溢れそうになった時、掴まれたままの左手が強く握り込まれた。

「……権力がモノを言う世界ですから、そうやって自分の身を守ることを誰が責めるでしょうか」

レオナルドはそこまで言うと跪《ひざまず》いた。

「シャルティアナ嬢、それでも貴女を愛しています。どうか私と結婚してください」

一度深呼吸し、冷静さを取り戻したシャルティアナは首を横に振った。

「……先ほどもお伝えしましたが、私は平穏を望んでいるのです。男爵家の娘が公爵家に嫁ぐなど、社交界を荒立てることになり、それは男爵である父にも、公爵であるレオナルド様のお父様、お母様にも迷惑がかかります。だから……」

「それなら心配いりません！　私が全力で、貴女も、貴女の家族も守ります」

真剣な眼差《まなざ》しが言葉とともに訴えかけてくる。

「失礼ですが、公爵家の跡取りだからといっても、実際にご迷惑をかけてしまうのは、公爵様では……」

「それなら心配は無用です。私は二日前に父から爵位を継ぎました。陛下にも承認いただいており、ハンデル公爵家の当主は私です。ですので、当家のことは何も心配しないでください」

安心させようとしているのか、レオナルドは笑顔を浮かべている。だが、レオナルドの言葉にシャルティアナは安心するどころか、目を見開いた。

「レオナルド様が、公爵、様……」

公爵本人からの求婚に目眩《めまい》がした。次期公爵と公爵では全く意味が違う。一族を代表する公爵から、男爵家の当主である父へではないにしろ、婚姻を申し込まれたのだ。

私にどうやって断れと言うのよ……。

硬まってしまったシャルティアナにレオナルドは慌てて左手を解放した。

「ああ！　申し訳ありません。返事を急《せ》かしているわけではないのです。貴女への想いが溢れてしまって……もう一度私と出かけていただけませんか？　貴女に私を知ってもらいたい」

「公爵様と一緒に出かけるなど、恐れ多くてとても……」

やっと解放された左手を胸の前に引き寄せ、両手を組んだシャルティアナはレオナルドに背を向けた。

「公爵としてではなく、私を一人の男として見てください」

視界から外したはずのレオナルドが目の前に現れる。

「レオナルド様にはもっと相応しい令嬢がいらっしゃるはずです。もっと身分の釣り合う方と……」

「私にとって貴女以上の女性などいません。爵位なんて関係ない。どうか私の願いを聞いてもらえないでしょうか。もう一度だけ、私にチャンスをください」

見目麗しいレオナルドの真剣な瞳に見つめられて説得され、しかも何度も真摯な愛の告白を受けながら、断ることができる女性は何人いるのだろう。絶対にいないはずだ。シャルティアナも、レオナルドのあまりの必死な姿にとうとう頷いてしまった。

「い、一度だけですからね」

シャルティアナは戸惑いながら答えた。すると、レオナルドは本当に心から嬉《うれ》しいというような笑顔を見せた。子供のような全く邪気のない笑顔だった。

なんだか可愛《かわい》い人ね……。

シャルティアナもつられるように笑ってしまった。

そして、レオナルドとの約束は十日後となった。約束を取り付けると、レオナルドはまだ職務が残っているようで、シャルティアナとの時間を名残惜《なごりお》しみながらも、王城に戻っていった。

レオナルドに手を引かれてバルコニーまで来たことを、ビアンカを始め、多くの貴族達に見られていたこともあり、シャルティアナも舞踏ホールに戻ることはしなかった。

レオナルドと別れた後、隠れるようにひっそりと夜会を後にしたのだ。

何とか誰にも見つからず帰ることのできたシャルティアナは、窮屈《きゅうくつ》なドレスから夜着に着替えベッドに潜り込んだ。それから今日起きたことを整理していった。

ビアンカに、求婚は人違いだったと伝えたが、結局レオナルドはシャルティアナに求婚してきた。

しかも、公爵位を継いでだ。再度求婚されたことやレオナルドが公爵になったことは、まだ知られていないだろう。だが、あれだけ求婚は間違いだったと言いふらしていたのだ。今日のことで確実にビアンカの怒りを買っただろう。

はぁ……私の平穏な社交界生活が……。

シャルティアナはふわふわのクッションに顔を押し付けた。何のために、あんな悪女と呼ばれるビアンカの取り巻きになったのか。シャルティアナが説明したことと、レオナルドのとった行動が違いすぎる。男爵家の娘の手を引き、恋人が逢瀬《おうせ》を楽しむバルコニーに連れていったのだ。目撃者も多く、どうにも言い訳のしようがない。

お父様に迷惑がかからなければ良いのだけれど……。

ビアンカの怒りから、力のあるキースター侯爵家やそれに従う貴族達が動けば、男爵家などひとたまりもない。

平民であった時代から続く、商人のクレイモン家など、取引先を押さえられれば、あっという間に窮地《きゅうち》に追いやられるかもしれない。だから高位貴族には逆らわない。シャルティアナが心に決めていたことだったのに。今までは、上手くいっていたのに。

もしも、求婚を受け入れたら？

レオナルドとシャルティアナが結婚して公爵夫人になったところで、父の爵位が上がる訳ではない。いくら公爵家に力があろうとも、隠れてクレイモン男爵家を潰《つぶ》されてしまう可能性がある。だから男爵家の娘が公爵夫人なんてあり得ないのだ。誰も、男爵家のような低位貴族が、力を持つことを望んでいない。

逆に求婚を断ったら？

ハンデル公爵家の顔に泥を塗ることとなり、レオナルド本人が許してくれたところで、公爵家に従う貴族達までもがそうとは限らない。ハンデル公爵家の派閥にも過激な者はいるだろう。公爵家に恥をかかせたクレイモン男爵家を、潰しに来る可能性だってある。安易に断ることなんてできない。

どちらを選んでも、ビアンカはもちろん、数多《あまた》のご令嬢達からは冷たい目で見られることになるだろう。

うー……次に会う時どんな態度をとれば良いの……。

受け入れられないレオナルドからの求婚。断ることもできない公爵からの求婚。

平穏を望んでいたシャルティアナの思いとは、全く違うように進みだしてしまった。どうしようかと悩んでみても答えが出ることはなく、夜会で精神をすり減らしていたシャルティアナはすぐに眠りの世界に落ちていった。

◇

「はい、殿下！　これも、ああ、こちらもですね！　こちらは……まだ終わっていらっしゃらないのですか？　次がもう溜《た》まっていますよ！　さぁ、サインをしてください！」

「……。あー、レオナルド？　今度はいったいどうしたのだ？」

夜会の翌日、浮かれを通り越して顔ははにかみながらも、いつもより迅速《じんそく》に書類を処理し、ありえないほど仕事を急かしてくるレオナルドに、恐怖を感じたブライアンは聞いた。

「何がでしょうか？　私はいつも通りです。こちらもお願いします」

レオナルドはブライアンを見つめ、質問に答えた時は真面目《まじめ》な表情をしていたのだが、次の瞬間には、顔が緩んでいた。それでも、書類を捌《さば》く手のスピードは落ちたりしない。

「いや……明らかに違うだろう。シャルティアナ嬢にきちんと私の想いを伝えることができました。その上で、次のデートの約束を取り付けることができたのです。必ず休暇をいただかなければなりません！」

「ああ、そのことですね。クレイモン男爵令嬢と何かあったのか？」

「それは、良かったな。はぁ……休みはやるから……」

やる気に満ち溢れたレオナルドとは対照的に、ブライアンは項垂《うなだ》れた。

「ええ、それはもちろん。ですが、仕事は終わらせなければ他の方々に迷惑をかけてしまいますから。ほら、殿下、手が止まっておられますよ」

「くそっ、お前の一喜一憂《いっきいちゆう》に振り回される俺《おれ》の身にもなれ！　俺が迷惑だ！　……茶を淹《い》れてくれ」

ブライアンは手にしていた書類を机に戻すと立ち上がろうとした。

「殿下！　まだ休憩ではありませんよ！　次はこちらを！　茶など飲んでいる暇はありません。まだまだ仕事はあるのですから」

すぐにレオナルドの叱責《しっせき》が飛んできたため、ブライアンは椅子《いす》に座り直すことになってしまった。

「お前は鬼か……茶くらい良いだろうが……」

ブライアンは優秀で信頼できるレオナルドを、ここまで変えさせるシャルティアナに、以前から少なからず興味を持っていた。だが、この時ブライアンがシャルティアナを恨めしく思ったことは、誰も知ることはないだろう。

「さぁ！　こちらにもサインを！」

この日、ブライアンが執務室を出るまで、レオナルドからの仕事の催促が止まることはなかった。

4　交錯する思い

ガダガダと揺れる馬車の中で、シャルティアナは困っていた。どんなに視線を逸《そ》らし、馬車の窓から過ぎていく景色《けしき》を眺めていても、新緑の瞳《ひとみ》の視線が気になってしまう。

ああ、どうしましょう……穴が開いてしまうわ……。

それは、正面に座るレオナルドがニコニコと笑いながら、ずっとシャルティアナを見つめているからだ。

こんな地味な装いのシャルティアナを見つめて何が楽しいのかわからない。ただ、そんなレオナルドの視線に、顔どころか全身が熱くて仕方なかった。初めは気づかない振りをして耐えていたが、その熱すぎる視線にとうとう音を上げた。

「あ、あの……レオナルド様。あまり見つめられると、その、恥ずかしいのですが……」

「あああぁ、貴女《あなた》が目の前にいると思うと、一瞬でも目を逸らすのはもったいな……っていいえ……一人で浮かれてしまって申し訳ありません。ご不快な思いをさせてしまいましたか？」

レオナルドは慌てて視線を逸らしたが、謝るためにまたシャルティアナを見つめた。さっきまでのニコニコとした笑顔ではなく、眉尻《まゆじり》を下げ、シャルティアナを窺《うかが》うようにして。

それはまるで、怒られた子供が親の機嫌を窺うようで、シャルティアナはそんなレオナルドに、つい笑ってしまった。

「ふふっ、もっと美しい方ならいざ知らず、私なんてご覧になっていても楽しくなんてございませんのに。それに不快だとは思ってはおりません。ただ、恥ずかしくて……」

「何を言っているのですか⁉ シャルティアナ嬢！ 貴女は美しいです！ 心だけでなく、外見もです！ 私は、一日中貴女を見つめていても飽きることはありません」

少し前のめりになりながら力説してくるレオナルドに、驚いたシャルティアナは思わず身体《からだ》を反らしてしまった。

「え⁉ そう、ですか。それは、あ、ありがとう、ございます……」

今日の装いも、ベージュのドレスに髪は軽く編み込み後ろに流しただけ。もちろん、派手な宝石類など、煌《きら》びやかなものは一切身につけていない。そして、いつも通り前髪とメガネで瞳を隠していた。

年頃《としごろ》の娘がデートをすると思えないほど地味だった。

そんなシャルティアナの外見は醜くはないにしろ、美しいとはとても言えるはずがない。それなのに、美しいと言うレオナルドにシャルティアナは衝撃を受けた。

レオナルドから求婚を取り消してもらえればと、地味に、地味にと装ってきたというのに。そんな女が好みだと言うなら素顔を見せ、煌びやかに着飾った方が幻滅してもらえるかもしれない。

レオナルド様は変わった趣味をお持ちの方なのね……それなら……。

「そういえば、トリステア伯爵令嬢のターニア様がレオナルド様にご執心とか。彼女は乱獲される動物達の保護事業をされていますし、とても心優しい方ですわ。身分的にもレオナルド様とお似合いかと」

シャルティアナは優しい心を持ち、あまり華美に装うことのない令嬢を話題にしてみた。ターニア嬢とレオナルドは以前から懇意にしているようで、伯爵家と爵位も高い彼女と一時期噂《うわさ》になったこともある。

もちろん、そんなターニアはビアンカの標的になり、シャルティアナとも面識があった。

「彼女の事業にハンデル公爵家が出資しているだけですよ。ああ、シャルティアナ嬢はターニア嬢が傷ついてしまうことを心配されているのですね？　彼女とはそういう関係でありません。そういえば、ターニア嬢もシャルティアナ嬢に助けてもらったことがあると言っていました。やはり貴女は優しい方ですね」

シャルティアナはやんわりと他《ほか》の女性を勧めてみたつもりだったが、結局自分を褒められることになってしまい、上手《うま》くいかなかった。

どうすれば……。

そんな風に考えているうちに、馬車は目的地へと着いた。

「シャルティアナ嬢」

馬車が停《と》まると、シャルティアナが立ち上がるよりも早くレオナルドは馬車を飛び降り、手を差し出した。その軽い身のこなしに、シャルティアナは一瞬見惚《みほ》れつつも、手を重ねた。レオナルドは満面の笑みを浮かべ、心底嬉《うれ》しそうだ。

今日はレオナルドオススメの甘味が食べられる、貴族御用達《ごようたし》のカフェにやってきた。店内は混み合っていたが、流石《さすが》は公爵家、レオナルドが顔を出すと、すぐに豪華な別室へと案内された。出てきたのは、シャルティアナの大好きなクリームがたっぷりと使われているイチゴケーキと、ふわっとミントの香る、爽《さわ》やかなお茶だった。

にこにこと見つめてくるレオナルドを前に、口を開けることは恥ずかしかったが、ケーキの誘惑に負け一口食べた。

美味《おい》しい……。

甘いクリームと、酸味のあるイチゴとのバランスが絶妙だった。そのあまりの美味しさに、頬《ほお》がだらしなく緩んでしまいそうになり、慌てて顔を引き締めた。

今日の目的はレオナルドと仲良くなるためではない。自分を諦《あきら》めてもらうことだ。

嬉しそうに笑うレオナルドに、良心が痛むのを無視してシャルティアナは口を開いた。

「このような女性の好むお店をご存じとは、きっとレオナルド様は何度も利用されているのですね」

暗に、他の令嬢と利用しているのでしょう？　と嫌味を込めて聞くと、レオナルドは、はにかんだ笑みを浮かべた。

「貴女が甘い物を好きだと聞いたもので。私はあまり甘い物は得意ではありませんでしたが、貴女がいるだけでどんな物を食べても美味しく感じてしまうから不思議です。恥ずかしながら、母がこの店をよく利用しているようで、教えてもらったのです。だから私も初めて来ました」

レオナルドは、シャルティアナが甘い物を好むことを知り、いろいろなお店を調べていた。その中でも評判が良く、母もよく利用しているこの店を選んだのだ。

少しでもシャルティアナを喜ばせたいレオナルドの想いからだった。

「そ、そうですか。お母様に……しかし、私などではなく、美しいご令嬢といらっしゃった方が、もっと美味しく感じられますわ」

「私は貴女以上に美しいと思う人はいません。もしかして！　……お口に合いませんでしたか？」

あまり喜んだ様子を見せないシャルティアナに、レオナルドは不安になったようだ。新緑の瞳と整った眉《まゆ》を、困ったように下げている。

そんなレオナルドの表情を見たシャルティアナは胸が苦しくなった。ここまで好意を寄せてくれる人を、これ以上邪険に扱うことなど、シャルティアナにはもう無理だった。

「いえ、その、とても美味しいです……」

「良かった！　っと、ああ！　忘れるところでした」

レオナルドは従者に指示すると、真っ赤な薔薇《ばら》の花束を持ってこさせた。

「以前、薔薇園を案内した時、とても喜んでくださっていたので、今日は花束にさせていただきました。どうぞ。ああ……貴女には薔薇がよく似合う」

「あ、ありがとう、ございます」

シャルティアナが薔薇を受け取ると、レオナルドは満面の笑みを見せた。何を言っても何をしても嬉しそうにするレオナルドに、シャルティアナは苦笑するしかなかった。

結局、その日一日中、シャルティアナが嫌われるよう振る舞っても、他の女性を勧めてみても、そのたびにレオナルドは愛の言葉で返してきた。シャルティアナしか見ていないのだ。

そして、気づけば次の約束を取りつけられていた。爵位の低い男爵家のシャルティアナが、公爵であるレオナルドにあまり強く出ることができず、断りきれなかったのだ。

「では、また六日後に迎えに上がります」

「はい……ありがとうございました」

お礼を伝えるとシャルティアナは、馬車を降りた。

また二人で会う約束をしてしまったことに、後悔と少しの喜びを隠しつつシャルティアナは去っていく馬車を、複雑な気持ちで見つめていた。

◇

「うぅっ……」

「……あー、どうした？」

政務中に急に胸を押さえ、机にうずくまったレオナルドに、ブライアンはため息混じりに問うた。

「その、胸が痛くて……」

「何？　痛いってお前、病か!?　医者に診《み》せたのか！」

どうせシャルティアナ嬢とのことだろうと思っていたブライアンは慌てた。レオナルドはブライアンの側近中の側近だ。病で倒れようものなら政務に支障を来《きた》すどころの話ではない。すぐに駆け寄り、机から抱き起こした。レオナルドは虚《うつ》ろな瞳をしており、ブライアンの不安を煽《あお》る。

「しっかりしろ、すぐに」

「殿下……それが、シャルティアナ嬢を想うと胸が痛くて……いったい何の病やら……」

今度はブライアンが虚ろな目になる番だった。抱えていたレオナルドの身体を乱暴に離す。

「……。阿呆《あほう》が！　そんなもの病でも何でもないわ！　真面目《まじめ》に仕事をしろ！」

「はっ、申し訳ありません！」

正気を取り戻したレオナルドは、姿勢を正し執務を再開させた。

まさかあの仕事の鬼だったレオナルドに、『真面目に仕事をしろ』などと言う日が来るとは……。

休みもほとんど取ることなく、誰《だれ》よりも早く出仕し、誰よりも遅く帰るレオナルド。ブライアンの補佐でありながら、仕事が輻輳《ふくそう》する部署の文官達から頼まれれば業務を手伝ったりもしている。細やかな気配りもでき、大臣達からも助言を求められることもあるほど、信頼されていた。

そんなレオナルドのあまりの変貌《へんぼう》ぶりに、思考が停止しかけたブライアンを誰も攻めることはできないだろう。ブライアンは無言で天を仰ぎ、顔を手で覆った。

ただ、どんなに色ぼけしていようと、レオナルドは与えられた仕事はきっちりとこなして一日を終えた。

5　ビアンカの茶会

「ようこそ。クレイモン男爵令嬢」

今日も真紅《しんく》のドレスに身を包み、華美な宝石を身につけたビアンカがシャルティアナを出迎えた。笑っているように見えるが、ビアンカの金の瞳《ひとみ》は凍りつくように冷たい。

「ほ、本日はお招きいただき、ありがとうございます」

シャルティアナは、憂鬱《ゆううつ》な気持ちを隠して微笑《ほほえ》んだ。

赤や黄色など、派手な色と見た目の花が咲き乱れるここは、キースター侯爵家の庭園。シャルティアナはビアンカ主催の茶会に招待されていた。断ることもできず渋々参加すれば、ルーシュをはじめ見慣れた取り巻き達の他《ほか》に何人かの見知らぬ令嬢も参加していた。

だが、不思議なことに、シャルティアナ以外は全員着席し、すでにお茶や菓子を食している。指定の時間よりもむしろ早めに訪れたはずなのに、シャルティアナは嫌な予感がした。

「クレイモン男爵令嬢、侯爵家の令嬢たるビアンカ様の茶会に遅れてくるなど、あまりに失礼では！」

ルーシュが立ち上がり、シャルティアナに詰め寄ると声高に咎《とが》めた。だが、その言葉とは裏腹にルーシュの顔は歪《ゆが》んだ笑みを浮かべている。ルーシュは他の令嬢達には背を向けているため、その笑みを見られることはない。ここには伯爵以下の令嬢しかいないため、身分の上ではビアンカがトップだった。

嵌《は》められたのね……。

「何か言ったらどうなのです！」

答えないシャルティアナにルーシュはさらに言い募ろうとした。そこへビアンカから制止がかかる。

「ルーシュ、おやめなさい」

「ですがっ、ビアンカ様！　男爵令嬢ごときにコケにされてはっ！」

「いいのよ。きっと、クレイモン男爵令嬢は、もう公爵夫人にでもなったおつもりなのよ。今はまだ、男爵令嬢なのに……愚かなことですわね。立場をわきまえない人だなんて、恥ずかしい。でも私はそんなことを咎めたりしないわ。さぁどうぞ、おかけになって」

「そのようなつもりは……遅れてしまい、申し訳ありません」

招待状に書かれていた時間通りに来たシャルティアナだったが、ここはキースター侯爵家。シャルティアナの味方など一人もいない。下手《へた》に言い訳すれば、立場はもっと悪化するかもしれない。シャルティアナはビアンカに頭を下げて謝った。

嫌な雰囲気の中シャルティアナが席に着くと、皆と同じお茶と菓子が運ばれてきた。お茶会のマナーとしては、出されたものは有難くいただかなければならない。シャルティアナは、爽《さわ》やかなレモンの香りがするカップを手に取り口をつけた。その瞬間、思わず全身から嫌な汗が出た。

そのお茶はあまりに苦く、そして酸っぱかったからだ。おそらくシャルティアナの分だけ、中身が変えられているのだろう。その証拠《しょうこ》に、チラチラとシャルティアナを窺《うかが》う取り巻き達は、嘲笑《ちょうしょう》を浮かべている。

それはシャルティアナが取り乱すのを待っているかのようだった。そのため、シャルティアナは表情に出さないように努めた。多少なら前髪とメガネで隠すこともできる。

「美味《おい》しいですわね」

シャルティアナは微笑んだ。出される菓子も何故《なぜ》か辛《から》く、ヒリヒリと舌が痺《しび》れたが、何事もないように全《すべ》て食した。騒げば相手の思うツボだと自分に言い聞かせて耐えたのだ。

そんな苦行の中、やっとのことで茶会もお開きになる時間となった。他の令嬢達は主催者のビアンカに挨拶《あいさつ》をすると、足早に帰っていく。あまり長居などしたくないのだろう。シャルティアナも帰ろうと立ち上がり、ビアンカのところへ向かう。

その後をルーシュらビアンカの取り巻き達が続く。シャルティアナはそれに気づいていたが、歩みを止める訳にもいかず、ビアンカの前までやってきた。

「今日は大変美味しい菓子と、お茶をありがとうございました。では、ごきげんっ、きゃぁっ」

「何をふざけたことを!」

ルーシュが頭を下げようとしたシャルティアナの髪を強く引っ張った。

「お前はあれほどビアンカ様のお世話になっておきながら、嘘《うそ》までついて……自分は公爵夫人になろうだと？　男爵家の娘だというのに！　身のほどをわきまえろ！」

他の取り巻き達も口々に『醜女《しこめ》』『身のほど知らず』等とシャルティアナに罵声《ばせい》を浴びせてくる。

「そんなつもりは……私は、何も……」

「何もせずにレオナルド様がお前などを選ぶものか！」

「きゃっ」

ルーシュは掴《つか》んでいた髪を離すと手を振り上げ、シャルティアナの頬《ほお》を叩《たた》いた。叩かれた勢いでよろけるシャルティアナに、取り巻き達が足を引っかける。そして、バランスを崩したシャルティアナは、尻餅《しりもち》をつくようにして倒れてしまった。そこへルーシュがドレスを踏みつけてくる。

「お前など、そうやって泥にまみれているのがお似合いだ」

「まぁ、ふふふ。ルーシュ、貴女《あなた》達、もういいわ。いくら私の屋敷でも使用人達が見ているわ。どうせ、身体《からだ》を使ってレオナルド様を誘惑したのでしょう。美しくない貴女にはそれしかできないものね。未婚なのに汚い女。本当に泥で汚れているのがとても似合うわ。でも、そうねぇ、そっちの具合がいいなら、私に考えがあるわ。シャルティアナ、楽しみにしておいて」

ビアンカはシャルティアナを見下げてクスクスと笑うと、取り巻き達を引き連れて屋敷の中に入っていった。

一人残されたシャルティアナは汚れたドレスを払い、痛む頬に手を当ててキースター侯爵家を後にした。

騒いだって仕方ない……これくらいなら我慢できるわ……。

自分にしか危害が加えられないならそれでいいと思った。父と母、男爵家さえ無事なら耐えられる。たとえこの先、社交界では生きにくくとも大丈夫だと。涙が溢《あふ》れそうになるが、ぐっと堪《こら》えて頬を伝わせることはしなかった。

シャルティアナは事の発端となったレオナルドに、少し恨みごとを言いたくなった。けれど、それ以上に、嬉《うれ》しそうに笑うレオナルドに会いたいと思う気持ちが溢れ出しそうになってしまった。その想いに気づきながらも固く蓋《ふた》をし、やはりレオナルドには求婚を取り消してもらわねばと思い直した。

ビアンカの茶会から帰ってきたシャルティアナは、よろよろと馬車を降りた。すぐにでも自室にこもろうと思っていたが、庭には季節の花を楽しむ父バルトスと、母アルティアがいた。両親を無視する訳にもいかず、シャルティアナは必死に涙を堪え微笑み、帰宅の挨拶をした。バルトスとアルティアもシャルティアナを見て微笑んだが、すぐにその顔を引きつらせた。

「なっ!?　シャルティアナ！　その頬はどうしたの？　ドレスも汚れているじゃない！」

「頬が赤くなっているじゃないか！　いったい何があったんだい!?」

シャルティアナの頬はルーシュに叩かれ赤く腫《は》れており、ドレスは泥で汚れていた。とても楽しい茶会に参加して帰ってきた娘の姿とは思えず、二人は驚き慌てた。

「お父様……お母様……」

自分を心配する優しい両親の姿に、シャルティアナの耐えていた涙が溢れ出す。一度溢れてしまったものを、もう止めることはできず、後から後から大粒の涙がこぼれた。

そして、涙とともに強く持っていたはずの気持ちも崩れ、シャルティアナは一人では立っていられなくなりアルティアに抱きついた。声も上げずポロポロと涙を流し母に縋《すが》る娘の姿に、同じ社交界で生きてきたアルティアは察した。

「辛《つら》い思いをしたのね……」

「今朝、ハンデル公爵家のレオナルド様から手紙が届いていたが……先日も二人で出かけたようだし、求婚は間違いではなかったのかい？　その類はそのせいで赤くなっているのでは？」

泣きじゃくるシャルティアナの肩に手を置いたバルトスが聞いた。

「は、い。お父様、お母様にも、迷惑をかけて、しまうかもしれないの。ごめんなさい……」

「男爵家の娘が公爵に見初められるなんて、面白く思わない者が多いのでしょうね。私達のことは大丈夫よ」

アルティアがシャルティアナを強く抱きしめた。

「シャルティアナ。謝らなくていい。シャルティアナは何も悪くない。今日はキースター侯爵家での茶会だったね……さぁ、中に入ろう。隣国の珍しいお菓子が手に入ったんだ。それを食べながら、もう少しお父様に教えてくれるかい？」

シャルティアナは小さく頷《うなず》くと、両親に支えられるようにして屋敷に入った。

リビングのソファーに腰かけたシャルティアナの前に、ふんわりとした食感に卵の風味と蜂蜜《はちみつ》の香りのする菓子が置かれた。温かいお茶も用意されている。その温かさと甘さに、シャルティアナはホッと一息ついた。

「キースター侯爵家では何があったんだい？」

「全部教えてちょうだい」

向かい合ってソファーに腰かけたバルトスとアルティアが問うと、迷いながらもシャルティアナは答えていった。

「招待状に書かれていた時間が私だけ違って……ビアンカ様に失礼だと罵《ののし》られて」

「うんうん。ひどいな。それで？」

「お茶もお菓子も、私のものだけとても不味《まず》くて……」

「まぁ！　それで？」

「美しくない、醜い女だと……」

「ほう……それで？」

「身のほどをわきまえろと頬を叩かれ、転ばされたの。ドレスの泥はその時に……」

「……シャルティアナ、まだあるかしら？」

シャルティアナが一言話す度、二人は笑っているのに纏《まと》う空気が重くなっていく。

「その、レオナルド様を身体で誘惑した、き、汚い女だと……」

「そうか、わかった」

バルトスはシャルティアナの言葉に、深く頷いた。

「違うの！　私はそんなことしてないわ！　お父様っ！」

シャルティアナが慌てて訂正しようとすると、バルトスは驚いた顔をした後、優しく笑った。

「ああ、もちろん。シャルティアナが、そんな女ではないことなんて、誰《だれ》よりもわかっているよ。大丈夫だ」

「ええ、もちろんよ。貴女はとっても可愛《かわい》くて、それにとっても賢く優しい、私達の自慢の娘ですもの」

バルトスとアルティアは微笑んだ。そして、また涙を流すシャルティアナを宥《なだ》めると、もう休むように自室へと促した。涙をこぼし何度も謝り続ける娘の肩を抱き、自室へと送っていった。

泣き疲れたシャルティアナが眠るのを確認した後、リビングに戻ったバルトスとアルティアは向き合って座った。

「ねぇ、あなた……」

バルトスを見るアルティアの目には怒りの炎が燃えていた。

「ああ、私達の可愛いシャルティアナにした仕打ちは、全力でお返しさせてもらう。商人上がりの男爵家だと、馬鹿《ばか》にしていると痛い目に遭うさ」

バルトスの瞳にも同じく怒りの炎が燃え盛っている。

「優しいあの子をあれほど泣かせるなんて許せないわ！　それにしても、うちのシャルティアナを醜いだなんて」

「全くだ。シャルティアナが素顔を隠して地味に装っているのは、変な男が寄ってこないから良いと思っていたが……その点、ハンデル公爵様はシャルティアナの内面に惹《ひ》かれたとか」

「私はレオナルド様にも怒りを感じますわ！　もっと周りを見てシャルティアナに求婚してくだされば良かったのに！　……シャルティアナが美貌《びぼう》を隠していることで、どれだけ他の令嬢達が助かっているかなんて、誰も知らないでしょうね」

「周りが見えなくなるほどシャルティアナを愛してしまったようだね。でも、あの子を苦しめるなら許しはしないよ。たとえ、公爵様でもね。皆にも思い知らせてやる」

「ええ、もちろん。たっぷりとお願いしますわね」

「ああ。アルティア、一月ほど屋敷を空けるがシャルティアナを頼む。いくら使ってくれても構わない。君に任せる」

「もちろんですわ！　任せてください！　今まであまり使えなかった分、たぁーっぷり使わせていただきますわね！　あなた、お気をつけて」

この日の、バルトスとアルティアの会話を知る者はいない。

6　真の姿

今日はレオナルドとの約束の日。シャルティアナは憂鬱《ゆううつ》な気持ちを殺して、支度に取りかかった。

レオナルドが、いつも通りの地味なシャルティアナを好みだとするなら、素顔を晒《さら》し着飾らなければならない。

もうビアンカの茶会でのような、みじめな思いはしたくない。目立たず平穏に暮らしていきたいのだ。そのためにはなんとしても、求婚を取り消してもらわなければならない。

朝早くから、侍女のネイランに身体《からだ》の隅々まで磨き上げてもらい、ハニーブロンドの髪も香油を塗り込み美しく華やかに結い上げる。前髪も瞳にかからぬよう編み込み、花をモチーフにしたルビーとサファイアの髪飾りをつけた。大きなブルーの瞳《ひとみ》は愛らしいピンクのシャドウで彩り、いつもはベージュの唇も、真っ赤な薔薇《ばら》の花を咲かせた。

身体のラインを強調させるコルセットに、レースをたっぷり使用した、瞳と同じブルーのドレス。耳飾りとセットのネックレスは光り輝くダイヤモンド。シャルティアナが身につける全《すべ》ての物は、最高級品でありながら、華美になりすぎず、洗練されて美しかった。だが、どんなに美しいドレスよりも、輝く宝石よりも、それらを身につけているシャルティアナが一番美しかった。

「シャルティアナ様、とてもお美しいです」

そのあまりの美しさに、同じ女性でありながらも、ネイランは顔を赤らめている。

「ありがとう、ネイラン。ふふ、まさかこの姿でレオナルド様とお会いするとはね」

鏡に映る姿を見てシャルティアナは苦笑した。

「奥様もお喜びでしたわ」

「お母様は地味な装いをする私を、残念に思っていらしたからね」

シャルティアナはもう一度姿見で全身をチェックすると、レオナルドを待つために門前に向かった。

約束の時間に公爵家の馬車はやってきた。

レオナルドが飛び降り、笑顔でシャルティアナに手を差し出す。いつもと同じ嬉《うれ》しそうな笑顔。だが、シャルティアナが目を合わせた瞬間その笑顔は消えた。これでもかというほど目を見開き、口をぽかんとしている。

「……………」

「ご、ごきげんよう。レオナルド様」

無言で硬まってしまったレオナルドに、シャルティアナは声をかけた。その声で我に返ったのか、レオナルドは小さく跳ねると驚いた顔のままシャルティアナの手をとり、馬車へ乗り込んだ。

二人が座るとすぐに馬車は出発した。

成功したのかしら……？

いつも穴が開くほど見つめてくるレオナルドが、視線を逸《そ》らし窓の外ばかり見ている。表情は硬く、楽しそうにも見えず会話もない。着飾ったシャルティアナがよほどお気に召さなかったようだ。

穴が開くほど見つめられるよりはいいわね……。

そして、その日一日、馬車の中でも食事をしても、レオナルドがシャルティアナを見つめることは一度もなかった。

そわそわと落ち着きなく視線を合わせようともせず、笑ってはくれるものの、いつもの嬉しそうな笑顔ではなく苦笑いのようだった。

しかも、帰りの馬車の中で次の約束をすることもなく、シャルティアナは作戦の成功を確信した。

美しく着飾った自分を嫌だと言われるのは多少女としては悔しいが、求婚を取り消してもらえるならそれでいい。

「今日はありがとうございました。では、レオナルド様、ごきげんよう」

「はい……では、また」

シャルティアナはにこやかに馬車を降りた。降りる時にレオナルドは手を貸してくれたものの、視線を合わせることはなく、引き止めることもなかった。

これで諦《あきら》めてくれたのだろう。シャルティアナは肩の重りが一つ外れ、軽い足取りで男爵家の門をくぐり屋敷へと戻った。

朝早くに起きて支度に時間をかけたシャルティアナはクタクタで、食事をさっと済ませると、すぐにベッドへ潜り込んだ。

これ以上レオナルドから何もなければ、ビアンカも過激な行動に出ることはないだろう。何故《なぜ》かチクチクと痛む心にこれで良かったのだと言い聞かせ、シャルティアナは眠りについた。

◇

どんなに浮かれていようと、落ち込んでいようと、阿呆《あほう》になろうと、執務室では必ず動いていたレオナルドの右手が止まっていた。そして時折何もない空間を見つめながら笑っている。

なんと気味の悪い……。

「……ふふ、ふふふ」

「俺《おれ》は……聞かなければならないのか？　……くそっ、レオナルド！　どうしたのだ！」

不気味なレオナルドの様子に耐え切れなくなったブライアンは、手にしていた書類を乱暴に机に戻すと嫌々ながら聞いた。だが、次の瞬間には聞いたことを後悔した。何故ならだらしなく緩んだ顔のレオナルドが、恍惚《こうこつ》としながら見つめてきたからだ。

「殿下……私は女神を……本当に美しい……ふふふ、ああ、何故もっとよく見なかったのか……」

「はぁ？　何を言っている！　しっかりしろ！　お前のことだ、どうせシャルティアナ嬢絡みなのだろう！」

「はい。美しかった……元から美しいと思っていたのですが、もう……あれは女神でした……」

レオナルドの答えにブライアンは首を傾《かし》げた。シャルティアナについては醜くないにしろ、美しいという認識はなかったからだ。

「俺の記憶では地味な女性だったが……レオナルド、色ボケも大概にしろ！」

机に手を打ち付けると怒ったブライアンは勢いよく立ち上がった。大きな音が執務室に響いたが、レオナルドには聞こえていないようで、夢見心地をさまよっている。

「地味な装いも私は大変好ましく思っておりましたが、昨日はとても美しく着飾っておられ、もうそれは女神の、いや、女神ですら、彼女の美しさには敵《かな》わないでしょう……ふふふ」

ブライアンを前にしても、一向に動く気配を見せないレオナルドの右手。このままでは今日の政務が滞ってしまう。

「レオナルドぉ！　いい加減にしろ！」

ブライアンは辛抱たまらず駆け寄ると、レオナルドの右手のペンを無理やり握り直させた。その怒声にレオナルドは意識をやっと取り戻した。

「はっ！　いったい私は……も、申し訳ありません！」

止まっていたペンが動きだす。

「はぁ……それで例の件だが、シャ」

「ぐふぅ！　も、申し訳、ありません」

レオナルドが胸を押さえ苦しそうにしている。

「……シャルメ」

「ぐはぁ！」

血反吐《へど》でも吐きそうなほどの苦しみようだ。

「……シャルメール地区の治水についてだが……もう良い」

「た、大変申し訳ありません、殿下。その……彼女の名前を連想してしまい、どうしても胸が」

苦しそうに胸に手を当て顔を歪《ゆが》めるレオナルドに、ブライアンは白目を剥《む》きそうになった。

レオナルドが全く使えぬ……。

「……少し席を外す！　その間に己を取り戻しておけ！」

「は、はい！」

執務室にレオナルドを残し出ていったブライアンを、誰《だれ》も咎《とが》めることなどできないだろう。

そして、ブライアンは密《ひそ》かに心に誓っていた。自分も必ず愛する者を見つけようと。

7 シャルティアナの選択

シャルティアナがアルティアに呼ばれて男爵家の客間に向かうと、そこはお祭り騒ぎのようになっていた。

「さぁ、モルトンの新色の化粧品に、クレバーの新作のレースよ。好きなのを選んでね。ドレスは五着ほど作りましょうか。髪飾りに、ネックレス……ああ、これもいいわね」

「あ……あの?」

シャルティアナは目の前に広がる光景に目を丸くした。煌《きら》びやかな宝石が十人は一緒に食事ができるような、大きなテーブルにずらっと並べられ、ドレスの生地も所狭しと部屋中に置かれている。

大きな化粧台の上に陣取られた色とりどりの化粧品は、何年かかっても使いきることができないほどたくさんの種類があった。

「奥様、こちらもお嬢様にお似合いかと。お嬢様の瞳《ひとみ》のお色と同じですし」

宝石商の女性が、大きなサファイアの周りに、ダイヤモンドが散りばめられたネックレスをアルティアに紹介した。

「まぁまぁまぁ! とっても綺麗《きれい》ね。いただきましょう。ほら! シャルティアナ、貴女《あなた》も何か選びなさい」

尻込《しりご》みしているシャルティアナの背を、アルティアがぐいぐいと押してくる。

「こんなにたくさん……」

「なぁに？　シャルティアナ。好きなだけ買ってもいいのよ？　なんなら端から端まで全部いただく？」

アルティアの言葉に、部屋にいた商人達は色めき立った。

「ええ？　待って！　そんなにいらないわ！　でも急にどうして？」

驚くシャルティアナにアルティアは嬉《うれ》しそうに笑っている。

「今朝、レオナルド様からご連絡があったのよ。お父様が不在だから私にね。次の王城での夜会で、レオナルド様が貴女のエスコートをしたいそうよ」

「なっ!?　だってこの前……」

レオナルドはシャルティアナの美しく着飾った姿を見て、目も合わせてくれなかったはずだ。次の約束もなく、もう諦《あきら》めてくれたと思っていたのに。

「そうそう。貴女宛《あて》の手紙も預かっているわ」

アルティアはシャルティアナに手紙を渡した。

『先日は大変申し訳ありませんでした。今までも美しいと思っていましたが、あの日の貴女は太陽のように光り輝き、あまりの美しさに目を合わせることすらできませんでした。次の約束をと思ったのですが、私に王城で行われる夜会のエスコートを任せていただけないでしょうか。どうかよろしくお願いします』

あ、諦めてもらえてない……地味な女性が好みじゃないの……？

手紙を持ったままふるふると震えるシャルティアナの手に、アルティアが手を重ねた。

「どうするの？」

「どうするって……断れないわ。私は家を潰《つぶ》されたくはないもの……」

その答えにアルティアは首を振っている。

「聞き方が悪かったわね。そうじゃなくて、貴女はどうしたいの？」

アルティアが優しくもう一度尋ねた。

「えっ？」

「お父様や男爵家のことはいいの。貴女の気持ちはどうなの？　レオナルド様のエスコートを受けたい？」

「私は……」

レオナルド様と夜会……。

高身長に逞《たくま》しい身体《からだ》は男らしく、新緑の瞳はいつ見てもニコニコと笑っている。差し伸べられる手は、いつでも優しくシャルティアナを支えてくれた。地味で、美しくなかったシャルティアナに、そこまでしてくれた男性など他《ほか》にいただろうか。

シャルティアナだって、男爵家の娘ではなく、もっと高爵位の令嬢だったなら、求婚されたことを素直に嬉しいと思い、喜んで受け入れただろう。レオナルドに嫌なところなど一つもないのだから。

「そうねぇ……レオナルド様が他の女性をエスコートしてもいいの？」

答えに迷うシャルティアナに、アルティアの言葉が決定打になった。求婚を取り消してもらえず、もうどう転んでもビアンカの攻撃は避けることはできない。

　それなら、レオナルドが他の令嬢に笑いかけているところなんて見たくない。優しいあの手は私だけを支えてほしいと、シャルティアナは思ってしまった。それが正直な気持ちだった。

「それは、嫌……」

「じゃあ決まりね！」

　両手をパンと合わせて喜ぶアルティアにシャルティアナは慌てた。

「でもっ！」

「でも！　じゃないわよ！　さぁ貴女の美しさをめいっぱい活《い》かさなきゃ。家のことは心配しないで。お父様に任せておけば大丈夫よ。後でレオナルド様にお返事を書きなさいね」

　アルティアは話に決着はついたとばかりに、宝石やドレス選びを楽しみ始めた。あれもこれもと次々に購入していっている。シャルティアナは戸惑いながらも、せっかくならと自分の好みを伝えていった。

　その日、男爵家を出ていった商人達は満面の笑みを浮かべ、踊るような足取りで帰っていったという。

◇

「レオナルド様、シャルティアナ嬢からお返事が届きました」

「ぐうぅ……爺、不意打ちはやめてくれ」

自邸私室にて、公爵領の報告に目を通していたレオナルドは胸を押さえながら、爺こと、執事のアレンを見た。

「それは申し訳ございません。もう克服されたと思っておりましたが、レオナルド様の純情さには、爺も感服いたしますなぁ」

アレンは恭しく頭を下げたが、悪いとは全く思っていないように笑っている。

「……もういい。手紙を」

レオナルドはアレンから手紙をもぎ取ると急いで開いた。

『レオナルド様、お手紙ありがとうございました。それから、エスコートをお申し出くださり、とても嬉しく思います。レオナルド様とご一緒できる夜会を、指折り数えて楽しみにしております』

手紙を読み終えたレオナルドは机に頭を打ち付けた。

「うぅ……なぁ、爺、シャルティアナ嬢は可愛《かわい》すぎる」

「いつも真面目《まじめ》に仕事ばかりしていたレオナルド様がそこまでおっしゃる女性なら、この爺もお仕えしとうございますな」

間違いで求婚してしまったが、本当に彼女で良かった……。

「早く妻になってほしい」

前回シャルティアナに会った時、あまりの美しさに目を合わせることもできず、碌《ろく》に話すこともできなかったことをレオナルドは後悔していた。

早くその美しさを再び一番近くで見たいという思いが、日に日に強くなっていく。

「レオナルド様、その前にこちらを。お望みのものです」

笑っていたアレンが真剣な顔になり渡してきたのは一通の報告書だった。

「ああ、そうだな。私は愛《いと》しい人を傷つける者は許さない」

レオナルドは公爵領の報告書を机の端に寄せ、シャルティアナからの手紙を大事にしまうと、アレンから渡された書類を広げた。

そこに書かれていたのは、ビアンカとその取り巻き達の名前、そしてそれぞれの父親の勤務地や取引関係だった。

何故《なぜ》そんなものを手に入れたかと言うと、レオナルドはキースター侯爵家の茶会で起こったことを知っていたのだ。シャルティアナが頬《ほお》を叩《たた》かれ赤く腫《は》れたことも、公爵家の情報力をもってすれば簡単に知れるのだ。

レオナルドは愛するシャルティアナを守ると誓った以上、自分の持つ権力《ちから》を全《すべ》て使うつもりだった。

名簿を見ながら何やら書状を書いていくレオナルドの新緑の瞳は、いつもの優しい眼差《まなざ》しではなくアレンには仄暗《ほのぐら》く光って見えた。

8　夜会

「お母様、やっぱりメガネだけでも……」

リビングにある姿見の前に立ったシャルティアナは、今日の装いを後悔していた。

「ダメよ！　ハンデル公爵様の隣を歩くのですもの。一番美しいのは誰《だれ》か皆に知らしめないと！　メガネじゃダメよ。ね？　ネイラン」

シャルティアナの両肩をポンと叩《たた》いたアルティアが、近くに控えていたネイランに聞いた。

「はい。奥様のおっしゃる通りです。今宵《こよい》、全《すべ》ての殿方……いえ、殿方だけではありません。皆、シャルティアナ様の美しさの虜《とりこ》になるはずです」

大きなブルーの瞳《ひとみ》は、目が合っただけで魂を抜かれてしまいそうなほど美しく、ぽってりと紅《あか》く塗られた唇は、誰もが吸い寄せられるような色香を放っていた。淡いピンク色のドレスに包まれた身体は、庇護《ひご》欲を掻《か》き立てられるほど細いのに、胸は男を惹《ひ》きつけるほどたわわに実っていた。全身を彩る大小様々な美しい宝石達もただの石ころに思えてしまうほど、シャルティアナは輝いていた。

「もう……ネイランったら」

ネイランの言葉にシャルティアナは顔を赤くした。

「さぁ、シャルティアナ、そろそろレオナルド様がお見えになるわ。ああ、いらっしゃったみたいね」

ハンデル公爵家の馬車が門前に停《と》まったのが見えた。

レオナルドには仕事があるため、シャルティアナは王城で待ち合わせをするつもりだった。だが、どうしても迎えに来るというレオナルドに押し負け、仕事終わりに迎えに来てもらうことになったのだ。アルティアとは別で王城に向かうことになっている。

シャルティアナは緊張と恐怖に跳ねる胸をそっと押さえると、レオナルドの元へと向かった。

すでに馬車から降りていたレオナルドが満面の笑みを浮かべている。

「ふんぐぅ……」

だが、シャルティアナが近づくと、レオナルドは苦しそうに顔を歪《ゆが》めた。

「えっ？　レ、レオナルド様？」

「な、なんでも、ありません。ごきげんよう、シャルティアナ嬢。今宵の貴女《あなた》は一段と美しい。貴女の美しさには月の輝きも霞《かす》んでしまいますね。……これほどとは……せっかく克服したのに。落ち着け……」

最後の方の言葉は小声すぎて聞き取ることができなかったが、レオナルドの褒め言葉にシャルティアナは素直に嬉しいと感じ微笑《ほほえ》んだ。

「ごきげんよう、レオナルド様。ありがとうございます。レオナルド様もとても素敵です」

レオナルドは赤を基調に金の刺繍《ししゅう》が入った正装を纏《まと》っている。赤みがかったブラウンの髪と相まってかなり派手だが、それを着こなす高身長と精悍《せいかん》な顔つきでとても似合っていた。レオナルドが舞踏ホールに入場すれば、令嬢達の視線を釘付《くぎづ》けにすることは間違いない。

「ありがとう。では、行きましょうか」

「はい」

レオナルドから差し出された手を取ると馬車へ乗り込む。二人向き合って座るとゆっくりと馬車が動きだした。

今夜、シャルティアナは初めて公の場で自分の素顔を晒《さら》すことになる。自分の容姿が美しいということは知っていた。けれど、それがどんなふうに受け取られるかはわからない。

でも、もうこれ以上悪くはならないか……。

どうせ、レオナルドからの求婚で、これ以上にないほど注目を浴びているのだ。ビアンカだけでなく、他《ほか》の令嬢達もシャルティアナを良く思っていないだろう。味方なんて誰もいない。そう思うとシャルティアナの気持ちは吹っ切れた。

どうせなら見返してやるわ……。

覚悟を決めたシャルティアナは、手をぎゅっと握りしめた。そして前を見ると、笑顔のレオナルドがいる。今日は視線を逸《そ》らすことなくシャルティアナを見ている。

レオナルド様だっているものね……。

新緑の瞳と目が合うとシャルティアナは微笑んだ。気持ちを受け入れてしまえばレオナルドの存在は安心感を与えてくれた。

馬車は静かな道を抜け、王城に向かう賑《にぎ》やかな道を進む。そして、しばらくするとひときわ賑やかなところで馬車は停まった。王城に着いたのだ。

「参りましょう」

レオナルドが手を差し出し、そっとシャルティアナの手を取り腕に添えさせた。

「はい」

王城の舞踏ホールはクレイモン男爵家の屋敷がまるごと入りそうなほど大きく、参加している貴族も多かった。王族が開催するのだ。参加していない貴族を数える方が断然早いだろう。

やっぱりレオナルド様は目立つわね……。

普段とは違う装いのため、レオナルドの隣を歩いているのがシャルティアナだと気づく者は少ない。それでも集まる視線に、シャルティアナはレオナルドが見られているのだと思った。通りすぎる貴族達は、皆振り返り口をぽかんと開けている。

「ふふ。皆、貴女の美しさに驚いていますね」

クスクスと笑いながらレオナルドは言った。

「そんな、レオナルド様が素敵だからですわ」

「私⁉　まさか！　とんでもない！　貴女ですよ。あまりの貴女の美しさに、皆開いた口が塞《ふさ》がらないのですから」

「まぁ……」

レオナルドの褒め言葉に、シャルティアナは頬《ほお》に手を当て恥じらった。その恥じらう姿の愛らしいことと言ったら、レオナルドの息の根を止めてしまいそうになるほどだった。

「うう……そんな、美しい貴女の隣を歩けて、私は幸せな男です。ところで、貴女をブライアン殿下に紹介させていただきたいのですが」

「ええ!? 私をですか? そんな、恐れ多い……」

シャルティアナは驚いた。もちろん断ることなんてできないが、爵位の低い者は王族と直接話すことなど普通叶《かな》わない。

声をかけてもらえるならば別だが、低位貴族が王族と話すなど不敬だと言われかねないからだ。

シャルティアナは少し躊躇《ためら》ってしまった。

「大丈夫です。ブライアン殿下が、貴女に会いたいとおっしゃっているのですよ」

「わ、わかりました」

シャルティアナは頷《うなず》くと、レオナルドに従いホールを進んでいった。途中、ビアンカの一団が何か言い争いをしているようだったが、ホールが広いためよく見えずそのまま過ぎ去ってしまった。

王族の席はホールの一番奥に置かれており、両陛下と二人の王子、三人の王女がいた。

ブライアンは近づくレオナルドを見ると、笑って片手を上げたが、その顔はすぐに驚きに染まった。

「ブライアン殿下! こちらがシャルティアナ・クレイモン男爵令嬢です」

「第一王子殿下、ご尊顔を拝謁する機会にめぐまれ、光栄の極みです」

王族を前に緊張で声が震えそうになるのを必死で抑えたシャルティアナは、レオナルドの紹介の言葉に合わせて深々と淑女の礼をした。

「な、まさか! そんなっ……ええ!? 間違いでは……」

しかし、あまりの驚きにブライアンはまともに言葉を紡げない。目を見開いて狼狽《うろた》えている。

「間違いではないですよ。どうやらシャルティアナ嬢はわざと顔を隠しておられたようです」

優しくシャルティアナを見つめながらレオナルドが答えた。

「そ、そうか……確かにこれほど美しければ、隠していた方が身のためだな」

何とか言葉を絞り出したブライアンは何度も頷いた。

「そうですね。しかし、私はシャルティアナ嬢の、心の美しさに惚《ほ》れてしまったのですがね」

そう言ってレオナルドははにかんだ。

「ありがとう、ございます」

ブライアンの前で顔を隠すようなことはできず、シャルティアナは頬を染めたまま微笑んだ。そのあまりの可憐《かれん》さにレオナルドは胸を押さえ、またもや唸《うな》ることとなってしまった。

「ぐぅう……殿下、また胸が……」

「またか！　まあ、わからなくもないが……」

ブライアンはレオナルドに呆《あき》れた眼差《まなざ》しを向けた後、シャルティアナに向き直った。

「呼び立ててすまなかった。シャルティアナ嬢、今宵はゆっくりと楽しんでくれ」

「は、はい。ありがとう存じます」

威厳を取り戻したブライアンに再度礼をすると、シャルティアナとレオナルドはホールの中心部に戻っていった。

「はあ……き、緊張しましたわ」

シャルティアナは緊張で硬まった身体から力を抜くと、ほっと息を吐き出した。

「申し訳ありません。ブライアン殿下がどうしてもとお望みでしたので」

レオナルドは疲れた様子のシャルティアナを申し訳なさそうに見つめている。

「いえ、貴重な体験をさせていただきましたわ。これもレオナルド様にエスコートしていただけたからですね。ありがとうございます。ですが、緊張で喉《のど》がカラカラになってしまいました」

「何か飲み物を取ってきます。少し待っていてください」

レオナルドはシャルティアナを壁際に誘導し、その場を離れた。残されたシャルティアナは、一人壁にくっつくようにして、レオナルドを待つ。俯《うつむ》き足元を見ているシャルティアナには、どれだけ自分が注目を集めているかなどわからない。

そこに一人の女性が近づいてきた。それは以前助けたことのある、バルティ子爵家のミレーユだった。

レオナルドの隣にいることを咎《とが》められるのだろうか。だが、ミレーユには既に婚約者がいるはずだ。

近づいてくるミレーユにシャルティアナは身構えた。

「ごきげんよう。あの……クレイモン男爵令嬢でしょうか」

シャルティアナの目の前で立ち止まったミレーユが自信なさげに話しかけてきた。

「ごきげんよう。バルティ子爵令嬢。はい、そうですが……」

次にどんな言葉が続くのかと、内心では怯《おび》えながらも、シャルティアナはミレーユをしっかりと見据えた。

「まぁ！　やっぱり！　ビアンカ様の一団にお姿もなくて、レオナルド様がエスコートされているのならシャルティアナ様だと思いましたの。その……外見があまりにも違いすぎて、確信がもてなかったのですが」

ミレーユはそう言って笑った。そこには一切の嘲笑《ちょうしょう》はなく、事実嬉しそうに。身構えていたシャルティアナは、安心し微笑み返したがすぐにミレーユに離れるよう伝えた。それはもちろん、レオナルドを独《ひと》り占めしたいという思いからではない。

「おっしゃる通り、私はビアンカ様の一団を離れました。そのため、ビアンカ様に目をつけられているでしょう。それに、レオナルド様からの求婚の件で、皆、私のことを快くは思っておりません。こんな私にお声をかけていただき、大変嬉しく思いますが、ミレーユ様まで、巻き込まれることになりかねません。お離れになられた方が良いかと……」

するとミレーユが首を傾《かし》げた。

「皆？　……あまりシャルティアナ様を悪く言う話は聞きませんが。もちろん、レオナルド様に懸想する令嬢達はそうでしょうが。シャルティアナ様の優しいお心にレオナルド様が惹かれたのであれば納得できますわ。私も以前、シャルティアナ様の優しさに助けられました」

「助けた、というほどではないと思いますが」

以前と同じドレスを着ていると、暗にお金がないとビアンカ達に貶《おとし》められ、涙したミレーユにハンカチを渡した程度だ。前に立って庇《かば》うことはできず、シャルティアナがしたことなど些細《ささい》なことだった。

「大げさかもしれませんが、この社交界は女の戦いの場だと思っております。相手を貶め、自分が少しでも優位に立ちたいと考える者は多いでしょう。そんな場所で優しい言葉を貰《もら》えれば、救いになります。ありがとうございました」

ミレーユはシャルティアナの手を取るとお礼を伝えてくれた。シャルティアナにすれば、礼を言われるようなことをしたつもりはなく、ビアンカの一団にいた罪悪感の方が勝ってしまう。

「いえ、そんな……」

戸惑うシャルティアナに気づかないミレーユは、嬉しそうに話を続けていく。

「それにしても、シャルティアナ様はご自分の美しさを隠していらしたのですね。今夜は貴女の話題で持ちきりですわ！　ああ、本当に美しいですわぁ……」

そう。通りすぎる時、皆が振り返って見ていたのはレオナルドではなく、シャルティアナだったのだ。

そんなシャルティアナの美しさにミレーユが見惚れていると、レオナルドが飲み物を手に戻ってきた。

もう少し話したかったとミレーユは残念そうにしていたが、二人の邪魔をしてはいけないと笑って去っていった。

「楽しそうでしたね」

「こんな私に話しかけてくださって、嬉しかったですわ」

シャルティアナは笑って飲み物を受け取ると、喉を潤した。

それから、レオナルドに請われ、ダンスを一曲楽しんだ。本当はもっと踊っていたかったのだが、シャルティアナがターンするたびに、周囲から色の含んだため息が漏れざわつくため、ダンスに集中することができなかったのだ。ハンデル公爵たるレオナルドと共にいるからか、シャルティアナにダンスを申し込もうとする者もいなかった。

何事もなく、夜会が終わるかに思えたその時、ビアンカとルーシュが現れた。レオナルドに挨拶《あいさつ》をすると、すぐにシャルティアナに向き直り、名前を問うてきた。

「ごきげんよう。貴女はどちらのご令嬢かしら」

「ごきげんよう。ビアンカ様……クレイモン男爵家のシャルティアナですわ」

シャルティアナの言葉にビアンカは絶句した。隣にいたルーシュもまた驚きに目を丸くしている。

「あ、貴女が？　……へぇ、多少は見栄えするように、なりましたのね。貴女がそんなにも着飾るなんて」

ビアンカの言葉にシャルティアナはぐっと手を握った。言われてばかりではいられない。

「着飾るだなんて……ビアンカ様ほど飾ったつもりはないのですが……あら？　ビアンカ様、そのドレスは以前もお召しになっておられませんでしたか？　髪飾りもお見かけしたことがございますわ。まぁ！　物を大切になさるお心を手に入れられたのですね」

シャルティアナはそう言って、わざとらしく胸の前で手を組むと笑って見せた。ビアンカの顔がみるみると赤く染まっていく。

「なっ⁉　失礼な……み、見間違えですわ！　レオナルド様、失礼いたします」

痛いところを突かれたのだろう。ビアンカは立ち去ろうとしたが、驚いたことにレオナルドが呼び止めた。

「ビアンカ嬢、最近貴族の女性を狙《ねら》った拐《かどわ》かしが出るそうです。物騒ですね。どうかお気をつけて」

「え？　ええ……ごきげんよう。レオナルド様」

ビアンカとルーシュは足早に去っていってしまった。シャルティアナは二人が見えなくなると、ほっと胸を撫《な》で下ろした。

「大丈夫ですか？　あえて口出しはいたしませんでしたが……」

　レオナルドはシャルティアナが言い返したため、成り行きを見守っていたのだ。もちろんあまりにひどくなればビアンカを牽制《けんせい》しただろう。

「はい。何事もありませんでしたから。見苦しいところをお見せして申し訳ありません。あの、レオナルド様、最近拐かしが出ているのですか？」

　シャルティアナは聞いたことのない話に首を傾げた。

「どうでしょう……それよりもビアンカ嬢の取り巻きは少なくなりましたね」

「そうですね。いつもの取り巻き達はどうしたのでしょうか。それに、ドレスも髪飾りも、以前夜会で見かけたものをつけていらっしゃるようでしたし……」

　ビアンカはルーシュのみを連れて現れた。いつもなら六、七人は引き連れているのに。それに、ビアンカは一度身につけたものは、二度と使うことはなかった。いつでも最新の物を新調しているのに、今日の装いは以前身につけていたものばかりだった。煽《おだ》てるためにビアンカを見てきたシャルティアナだから、間違えるはずがない。シャルティアナが不思議に思っているとレオナルドが笑って答えた。

「衣装の件は私にもわかりかねますが、きっと、ビアンカ嬢に皆ついていけなくなったのでしょう。おそらくですが、ルーシュ嬢もいなくなりますよ」

「え……いなくなる？」

「いえ、なんでもありません」

　ニコニコと笑うレオナルドに、いつもの笑みとは違うものが見え、シャルティアナは何故《なぜ》だかこれ以上聞いてはいけないような気がして、口を噤《つぐ》んだ。

◇

ありえない……ありえない……ありえない！

ビアンカは自慢の金髪を振り乱しながら怒り狂っていた。

「あれが、あれがシャルティアナだなんて！」

「ビ、ビアンカ様……お待ちくだっ」

ルーシュが宥《なだ》めようと声をかけるが、ビアンカは聞く耳を持たない。

「うるさい！　それに最新のデザインのドレスに、豪華な宝石……私が欲しかった髪飾りまで……どういうことよ！」

今夜のビアンカは華美に装いながらも、身につけているものは既に一度使用したものばかりだった。ビアンカは夜会や茶会があるたびに、新しいデザインの物を購入するため、商人を屋敷に呼び付けていた。だが、今回、キースター侯爵家にやってくる商人は誰一人いなかったのだ。お抱えのドレス職人までもだ。もちろん、街に出て購入することもできるが、店頭に並んでいる物は安価なものが多く、また侯爵家の者が自ら買いに出るなど、ビアンカのプライドが許さなかった。結果、ビアンカは欲しい物を何一つ手に入れることができなかったのだ。

「それにあいつらはなんなのよ！　いつも私の腰巾着《こしぎんちゃく》よろしくくっついてきたくせに！　何が『ビア

ンカ様の横暴にはもうついていけません』よ。私を誰だと思っているのよ！　私はキースター侯爵家の娘よ！」

シャルティアナが見たビアンカの一団の言い争いは、ルーシュ以外の取り巻き達が、ビアンカの元を離れたいと言い出したからだ。いつも、ビアンカと同じように他の令嬢達を貶めて笑っていた取り巻き達が、急にビアンカに手の平を返したのだった。

「何かあったのでしょうか……」

「私が知るわけないでしょう！　それもこれもシャルティアナのせいよ！　あの女が、レオナルド様に求婚されてから全部おかしくなってきたのよ！　あんな地味女だったくせに！　それなのに……レオナルド様の前で私に恥をかかせるなんて……許さない……許さないわ」

不安そうにするルーシュを残し、ビアンカは舞踏ホールを出て、待たせていた侯爵家の馬車へと向かった。ビアンカはレオナルドに求婚されたシャルティアナを逆恨みし、雇った男達に襲わせようと企《くわだ》てていた。

そして、今夜、その男達を馬車で待機させていたのだ。

私はキースター侯爵家の娘……一番美しいのは私よ！

ビアンカは馬車の扉を壊すような勢いで開けた。

「お前達！　計画ど、お、り……えっ？」

ビアンカは雇った三人の男達を見て硬まってしまった。何故ならその男達は縄で縛られ、気絶させられていたからだ。ならずものだが、ある程度腕に覚えがあるものを雇ったはずだったのに。

◇

「シャルティアナ嬢、素敵な夜をありがとうございました」

レオナルドは馬車を降りようとするシャルティアナに手を差し出した。

「こちらこそ、とても楽しかったです。レオナルド様、ありがとうございました」

シャルティアナは微笑んで答えた。こんなにも楽しかった夜会はいつぶりだろうか。少なくともビアンカの取り巻きになってからは楽しいと感じたことはなかった。

「……シャルティアナ嬢、次回は公爵家にお招きしても？」

真剣な眼差しで見つめるレオナルドの言葉に、シャルティアナは息を呑《の》んだ。暗にレオナルドは親に紹介したいと言っているのだ。これがなにを意味しているかわからないほど、シャルティアナは無知ではない。

少し迷ったシャルティアナだったが、レオナルドを見つめ返すと、小さく頷いた。

「は、はい。ご迷惑でなければ……」

「迷惑だなんてとんでもない。嬉しい限りです！　また日程についてはご連絡いたします。では、シャルティアナ嬢また」

レオナルドは嬉しそうに笑いながら手を振って帰っていった。

シャルティアナが温かい気持ちに包まれてリビングに入ると、アルティアが抱きついてきた。

「おかえりなさい、シャルティアナ。今夜の夜会は貴女の話でもちきりだったわ！　『あの美女は誰だ』とか、『女神が現れた』なぁんて言われていたわ。その度に、私の娘よ！　って自慢して回ったわ！　みんな驚いた顔をしていたわ！　ふふふ」

「ええっ!?　め、女神？　私、そんなことを言われていたの？」

「あら？　知らなかったの？　たくさんの殿方達が貴女にダンスを申し込みたくてうずうずしていたわ」

シャルティアナを放したアルティアはわざとらしく驚いて見せた。

「えええ!?　今日は誰からもダンスの申し込みはされなかったけど……」

これにはシャルティアナも首を傾げた。何故ならダンスどころか、話しかけてくる男性すらいなかったからだ。シャルティアナが夜会で言葉を交わした男性はレオナルドとブライアンのみ。

「それも気づいてなかったのね。貴女に近寄ろうとする殿方達を、レオナルド様が鋭い視線で牽制していたのよ。そりゃ公爵家に睨《にら》まれたくないわよね。皆すごすごと下がっていったわ。レオナルド様はよっぽど貴女に夢中なのね。流石《さすが》私の娘だわ！」

アルティアの喜びようは、今にも踊りだしそうなほどで、つられて笑ってしまった。

そして、これほどレオナルドから想われていたことに胸が温かくなった。父も母も後押ししてくれている。自分の気持ちに素直になろうとシャルティアナは決心した。

9　不正

ブライアンが執務室に来ると、レオナルドは既に仕事に取りかかっていた。そしてペンを持つ右手は、いつも通りに動いていた。

やっと本来のレオナルドに戻ったか……。

昨夜行われた夜会で、シャルティアナを見たブライアンは、そのあまりの美しさに驚きを隠せなかった。これほど美しいのなら、レオナルドが浮かれてしまうのも無理はないとさえ思った。

そのため、昨日の今日で、レオナルドはもっと浮かれていると思っていたブライアンだったが、これまでと同じように仕事をこなす様子に安堵《あんど》した。

シャルティアナさえ絡まなければ、レオナルドほど優秀な人物はなかなかいないのだ。

「レオナルド、昨年の貿易高に関してだが……」

真剣に職務に取り組むレオナルドの背中にブライアンは声をかけた。

「金額が、違う……五年では、もっと……」

しかし、ブライアンの呼びかけにレオナルドは答えず、何かブツブツ言いながら一心《いっしん》不乱《ふらん》に書き付けている。

ブライアンは不思議に思い、レオナルドの手元を覗《のぞ》き込むと、明らかに職務とは関係のない情報が記載されていた。

「レオナルド、レオナルド！」

「……！　殿下！　おはようございます。すぐに気づかず申し訳ありません」

ブライアンの声にレオナルドは立ち上がると、優雅に礼をした。その言葉と所作に浮かれている様子など全くない。

「ああ、いったい何をしている？　明日の議会のために、今日中にまとめてほしい書類を渡していたはずだが」

「それはこちらに。既にできております」

レオナルドは分厚い冊子をブライアンに手渡した。

「なっ！　お前……もう終わったのか？」

優秀なレオナルドでも、期日までにギリギリ仕上がるかどうかという量の書類が、既に完成されていた。ブライアンは冊子をめくり、中身を確認していくが、きっちりまとめ上げられている。

「……不備はないようだが、他《ほか》に何か急ぐことでもあるのか？」

「ええ、私は他にしなくてはならないことがございます。殿下、こちらを」

レオナルドは過去五年間、王城で行われた夜会、宴《うたげ》に関する書類をブライアンに渡した。それは食事や装飾等、かかった費用が事細かに記されている。

「……少しずつ、金額が違っているな」

全《すべ》てを確認したブライアンは眉根《まゆね》を寄せた。

「そうです。最初は微々たるもので気づきませんでしたが、最近では申告されているものと大きく違っております」

「横領か…これは、財務担当官、キースター侯爵だな」

「はい。まだ証拠《しょうこ》は押さえきれていませんが、近日中には。絶対に逃《のが》しません」

レオナルドは満面の笑みを浮かべていた。端から見ればその笑みは機嫌良く見えるだろうが、付き合いの長いブライアンにはレオナルドが激怒していることがわかった。

また、シャルティアナ嬢絡みか……。

王城内の不正を摘発してくれることは有難い。だが、それはレオナルドの仕事ではないのだ。あくまでも、レオナルドはブライアンの補佐官だ。そうは言っても、この不正が何年も放置されていたのであれば、摘発しなければならない部署が既に機能していない可能性は高いのだが。

「では殿下、こちらに置いてある書類をご覧いただき、サインをお願いいたします。優先順位の高い物が上に来るようにしております。では、私はこれにて失礼させていただきます」

「は？　なん、だと？」

他の書類も全て揃《そろ》えて渡したレオナルドは、キビキビ動くと呆気《あっけ》にとられているブライアンを残し、足早に執務室の扉へと向かっていった。

「お、おい！　待たぬか！」

慌てたブライアンはレオナルドを呼び止めようと立ち上がったが、その声は届かなかったのか、聞き流されたのか、美しい彫刻の施された扉は静かに開いて閉まった。

「まだ他にも仕事はあるだろうが……」

そう言ってレオナルドの机の書類を見たブライアンは硬まった。置かれていた書類は、全部完璧《かんぺき》に仕上がっており、きっちり期日ごとに分けられていたからだ。文句のつけようなどない。

「……。俺《おれ》はお前に恐怖すら感じるぞ」

愛する者のためなら、自分の持つ能力以上を引き出せるレオナルドに、ブライアンはしばらく放心していた。それでも何とか己を取り戻すと、レオナルドに渡された書類をブライアンは無心で決裁していった。

しかし、その日一日中、ブライアンは表情を取り戻すことができなかった。

◇

王城から戻ったレオナルドは、時間が惜しいとばかりに、証拠固めに奔走した。膨大な資料に目を通し、証言を集める。

しかし、公爵家の持てる権力《ちから》を全て使っても、なかなかキースター侯爵家を追い込むほどの証拠は上がらない。

レオナルドは、シャルティアナを汚そうとしたビアンカを許すつもりなどなく、不正を働いたキースター侯爵家もまた然《しか》りだった。

ただ、先日の夜会では、ビアンカが事を起こす前に手を打ったため、罪に問うことができない。しかし、必ずその報いを受けさせなければならない。

何か、何かあるはずだ……。

そして、空がオレンジ色に染まりきり、闇《やみ》と溶け合う頃《ころ》、ハンデル公爵家に来客があった。アレンの入室を許可すると、机にかじりついていたレオナルドは顔を上げた。

「レオナルド様、先触れはありませんでしたが、クレイモン男爵がお見えです。お通ししますか？」

「すぐに案内してくれ」

不正の件で時間が惜しいレオナルドだったが、愛《いと》しいシャルティアナの父を蔑《ないがし》ろになどできない。

レオナルドは手を止めると、すぐに客間へと向かった。公爵家の家紋である、盾が彫刻された重厚な扉を開けると、そこには、バルトスが朗らかに笑いながらソファーにかけていた。

レオナルドを見て立ち上がり、右手を差し出してくる。レオナルドも微笑《ほほえ》みながら、握手した。

「本日はどうされましたか？」

「連絡もなく、急な訪問に対応いただき、ありがとうございます。ですが、至急伝えなければならないことがございまして」

バルトスは人好きのする微笑みを消し、真剣な眼差《まなざ》しでレオナルドを見つめた。バルトスの雰囲気の変化を察知したレオナルドも、居住まいを正すと、バルトスの向かいに腰かけた。

「至急とは、どういったことでしょうか」

「はい。私の娘、シャルティアナに求婚いただいていることは承知しております。クレイモン男爵家当主としては望外の喜びですが……」

含みを持たせるようなバルトスの言葉に、レオナルドは身構えた。そして、レオナルドにとって、一番聞きたくない言葉がバルトスの口から出た。

「一人の父親としては、貴方《あなた》との結婚を承服しかねます。本来なら公爵家からの結婚の申し込みを、男爵家ごときが断るなど許されることではありません」

「それは……」

レオナルドは言葉に詰まった。バルトスの顔は真剣に娘の将来を憂う、親の顔だったからだ。半端な言葉では納得してはもらえない。

「私は今の地位を捨ててでも、娘が傷つくような結婚は決して許さない」

そう言ってバルトスは一枚の権利書をレオナルドの前に出した。

「……これは？」

「テーヌ川の源流、水源となるウェルム山の権利書と言えばご理解いただけるでしょう」

テーヌ川とはハンデル公爵領を縦断するように流れている川で、農耕に必要な水は全てテーヌ川から補われている。バルトスがウェルム山を手に入れたということは、そのテーヌ川を手に入れたと同義だ。

だが、レオナルドは不思議に思った。

「ウェルム山はカルト国に属するはずです。何故《なぜ》フィール国の男爵である貴方がこれを？」

他国の領地を買うことなどできるはずがない。だが、公爵家までやってきてバルトスが嘘《うそ》をつくとも思えなかった。

「簡単なことです。私はカルト国でも爵位を得ているからです」

レオナルドは驚きを隠せなかった。他国に爵位を持つ貴族は少数だが、他にもいることはいる。しかし、そのほとんどは侯爵以上の高位貴族だ。しかも、何かしらその国にとってメリットがなければ得られるものではない。それを男爵が持っているなど、レオナルドには信じられなかった。

「我がクレイモン男爵家は、平民の時代から続く商人の家系です。長い時間をかけて積み重ねてきた信頼と、複数の国へのパイプには多少、自信を持っております」

いつの間にか、バルトスの顔は商人のそれになっていた。笑みを浮かべながらも目は真っ直《す》ぐに相手を見ている。

「これでシャルティアナ嬢から手を引けということですか？」

レオナルドは臆《おく》することなくバルトスの目を見返した。

「貴方がそれを受け入れるなら、それでも結構ですが……」

「申し訳ありませんが、それだけは絶対にできません！」

バルトスの言葉に間髪入れず答えた。シャルティアナを諦《あきら》めることなど、レオナルドにはあり得ないのだ。

「それなら私も無意味なダムを造らずに済みます。ハンデル公爵領を無闇《むやみ》に混乱させたい思いは全くありませんので。では、こちらの書類もご覧ください」

バルトスはキースター侯爵家の購入履歴を、レオナルドの前に並べだした。その内容は、ドレスや宝石、家具等、多岐に渡る。レオナルドが今一番欲していたものだった。

だが、購入履歴など、商人同士だからといっても、簡単に開示されるものではない。むしろ商売敵《がたき》の商人同士だからこそ、手に入れることなど極めて難しいはずだ。それを手に入れられたバルトスの、商人としての力が窺《うかが》える。

「シャルティアナは、とても優しく美しい私の自慢の娘です。その愛する娘を傷つける者を、何人《なんぴと》も許すことはできません。ですが、私は権力という『ちから』を持っていないのです。そこでハンデル公爵様にお願いに上がったのです」

そう言ってバルトスはにっこり笑った。それは社交界でよく見る、貴族の笑みだった。

何という男だ……。

レオナルドにウェルム山の権利書を見せた後の、『お願い』だ。聞かない訳がない。それに、レオナルドもバルトスと同じ思いだった。

「もちろんです。願ってもない。喜んで公爵家の権力《ちから》を使いましょう」

レオナルドとバルトスは立ち上がり、再び握手をした。それは最初の握手とは違い、固く、力強く結ばれた。

そして、バルトスがハンデル公爵家を出た後、レオナルドは私室にこもった。

ビアンカ嬢の装いの件についてはクレイモン男爵が動いたのか……。

バルトスの商人としての力を使えば、商人達がキースター侯爵家に、物を売ることをやめさせることなど造作もないのだ。

レオナルドはふっと笑みを浮かべると、再びペンを走らせた。

「ふぅ……」

一ヶ月半ぶりに屋敷へ帰ってきたバルトスは、愛飲のワインを手に、リビングのソファーでくつろいでいた。

「あなた、お疲れ様でした」

アルティアがワインのつまみを手に、その隣に腰かけた。

「なかなか、疲れたね。でも上手《うま》くいったよ。そっちはどうだったんだい？」

つまみを受け取ったバルトスは、アルティアの頬《ほお》に口づけた。

「ふふ、シャルティアナったら、女神とまで言われていたわ！　地味な女だと思っていたらとんでもない美女だったなんてね。みんな目が飛び出そうなくらい驚いていたわ。ああっ！　それから、ハンデル公爵様がシャルティアナを自邸へ招待くださいましたわ」

それを聞いたバルトスは、喜ぶアルティアとは対照的に、寂しそうな顔をした。

「そうか。父親としては嬉《うれ》しいような悲しいような……」

「もう！　嬉しいことよ。そうだわ！　公爵家へ行く時のドレスも仕立てなくちゃ！　あなた、もう少し使ってもいい？」

「もちろんだよ。シャルティアナのためならいくらでも使って構わないよ」

「娘のためなら、山まで買っちゃうくらいですものね」

「ははは」

「うふふ」

クレイモン男爵家の財力は底知れない。

◇

「お父様！　どうして！　どうして商人は来ないの！　この私が買うと言っているのに！　ドレスも宝石も…何も手に入らないじゃない！　キースター侯爵の娘である私が以前と同じ物を身につけるなんて……屈辱だわ！」

その日、ビアンカは侯爵である父、ガラントの私室で喚《わめ》き散らしていた。王城で財務長官を務めているガラントは、荒れ狂う愛娘《まなむすめ》を咎《とが》めることはせず、優しく宥《なだ》めた。

「ああ……ビアンカ。すまない。どうやらクレイモン男爵が商人達を押さえているようなのだ。なぁに、商人上がりの男爵家程度、すぐに黙らせるよ」

しかし、クレイモン男爵と言ったことで、ビアンカの怒りに油を注ぐことになってしまった。わなわなと震えだし、目を血走らせている。

「クレイモン男爵ですって⁉　お父様はキースター侯爵でしょ！　何故クレイモンごときに……許せない！　シャルティアナも男爵も！　潰《つぶ》して！　クレイモン男爵家なんて、ゼフィール国にいらないわ！　目障りよ！　一刻も早く潰して！」

「まぁまぁ。でもそうだな。男爵家など潰してしまっても誰も気にすることなどないだろう。それに、私の可愛《かわい》いビアンカをここまで怒らせるなんて、許せないな。男爵家が侯爵家にたてついたらどうなるか、わからせてやろう」

溺愛《できあい》する娘の願いにガラントが頷《うなず》いた。

「必ずよ！」

「ああ、貴族としての権力《ちから》の差を思い知らせてやるさ。それから、ビアンカ、今しがた宝石商が屋敷に来たが、好きな物を買ってくるといい」

「え？　宝石商が？」

怒りを露《あら》わにしていたビアンカの瞳《め》が、宝石と聞いた瞬間輝くように変わった。

「ああ、そうだ。その宝石商から、我がキースター侯爵家に物を売るなと、クレイモン男爵から圧力があったという証言も得たのだよ」

「なっ!?　許せないわ……お父様、クレイモン男爵家の件は頼みましたわよ」

「ああ、任せておいてくれ。さぁ、ビアンカは好きな物を好きなだけ買っておいで」

ガラントの言葉に怒りを収めたビアンカは、笑いながら宝石商の元へ足早に向かった。

そして、用意された部屋に入ると、煌《きら》びやかなたくさんの宝石達がビアンカを迎えた。

「クレイモン男爵がキースター侯爵家に物を売るなと言ってきましたが、それを聞く道理などありませんからね。気高く美しいお嬢様には、百合《ゆり》の花をモチーフにしている、私どもの商品がよく似合いますな」

身なりは良いが腹の出た醜い商人は、煌びやかな髪飾りやイヤリング、腕輪など次々とビアンカに紹介していく。

「最近は花のデザインが流行《はや》っているものね。これなんか素敵ね」

ビアンカが手に取ったそれは、大きな百合の花をたくさんの宝石でかたどった髪飾りだった。

「流石《さすが》お目が高い！　これは少々値が張りますが、職人が半年かかって作り上げた逸品です。御髪《おぐし》を失礼します。……おお！　まるでお嬢様のために作られたようですな！」

「そうかしら？　ふふ、じゃあ、これはいただくわ。それからこちらの腕輪もね」

鏡の前で髪飾りをつけて確認したビアンカは、すぐに買うことを決めた。

「へっへへ、ありがとうございます。それならこちらのイヤリングも揃いでつけていただければ、より豪華になりましょう」

「そうね。ではそれも」

ストレス解消とばかりに、ビアンカはどんどん宝石のついたアクセサリーを購入していき、金額もがんがん積み上がっていく。

「ありがとうございました。またご贔屓《ひいき》に」

商人はホクホクの笑みで帰っていき、ビアンカは自室に戻ると手に入れた宝石達を眺めていた。

「ふふ、気品溢《あふ》れる百合をモチーフにしているなんて、本当に私のために作られたみたいね」

満たされた物欲に笑うビアンカは知らないのだろう。その物欲がキースター侯爵家を困窮《こんきゅう》させているのだということを。

◇

レオナルドは自邸の私室で、一枚の手紙を見て笑っていた。

それはシャルティアナからのものだった。先日、シャルティアナに自邸への招待状を送っていたその返事だった。

両親に会ってほしいという重要な意味を持つ招待状だったため、断られるとは思っていなかったが、手紙を開くレオナルドの手は震えていた。

『お招きいただきありがとうございます。少し先になりますが、一月後お会いできることを楽しみにしております』

少し先になる、シャルティアナがこの言葉を使ったのは、一月レオナルドに会えないことが寂しいと感じているからだろう。

ああ、可愛い……。

レオナルドはだらしなく顔が緩むのを止められなかった。

「……レオナルド様、せっかくの麗しいお顔が崩れていらっしゃいますよ」

部屋の隅で控えていたアレンが、ため息交じりに声をかけてきた。

「なっ、なんだ。爺、いたのか！」

驚くレオナルドにアレンはさらに深いため息をついた。

「いたのか！　ではありません。そちらの手紙は私がお持ちしたではありませんか。まったく、シャルティアナ嬢のこととなると、事実、周りが見えなくなるのですね。もう一通届いたと伝えましたでしょう」

「ああ、そうだったな」

レオナルドはアランからもう一通の書状を受け取ると、手早く開いた。そして、レオナルドはまたもや笑った。しかし、その笑みは先ほどとは違い、口角を上げただけで、目は微塵《みじん》も笑っていなかった。

「うまく、いったようですね」

「ああ、これでルーシュ嬢の件は片付いたな」

レオナルドは内容を確認し終えると、もう不要だというように書状をアレンに返した。

「フレランス伯爵領は食料のほとんどをハンデル公爵領に頼っていますからね。確かにキースター侯爵領の方が交易額としては多いでしょうが、食料がなくなることの方が深刻でしょうから、賢明な判断です」

アレンは受け取った書状と処分する書類を一緒に持った。全て焼却処分するためだ。

「爺、人聞きの悪いことを言わないでくれ。私はルーシュ嬢に紹介したい修道院があるとフレランス伯爵に伝えただけだよ」

いったい何のことやらと、レオナルドは両手を上げて肩をすくめた。

「ふぉっふぉっふぉっふぉ。左様でしたね」

「そうだよ」

あくまでも脅した訳ではないと言うレオナルドに、アレンは笑うしかなかった。

『娘はご紹介いただいた修道院にて、一年間お世話になります』

それはフレランス伯爵からの手紙に書かれていた一文だった。

10　断罪

その日、シャルティアナはクレメント伯爵家主催の茶会に来ていた。それは大規模な茶会で、たくさんの令嬢達が参加している。もちろん、侯爵令嬢であるビアンカもだ。

だが、今日は女性のみの茶会で、レオナルドはいない。

以前ルーシュに頬《ほお》を叩《たた》かれたこともあり、シャルティアナはどんな言いがかりや、侮蔑《ぶべつ》を受けるのかと身構えていたのだが、今日は少し様子が違った。

ルーシュがいない……？

いつもビアンカの隣にくっついていたルーシュが、いないのだ。伯爵家の令嬢であるルーシュも招待されているはずが、どこを見ても姿がない。ビアンカは苛立《いらだ》ちながら、ずっと一人で椅子《いす》にかけていたのだ。

もちろん、ルーシュに会いたいなど、シャルティアナは微塵《みじん》も望んではいないが、不思議に思っていると、後ろから声がかかった。

「ごきげんよう、シャルティアナ様」

「ごきげんよう、ミレーユ様。先日の夜会ではお声がけいただき、ありがとうございました」

バルティ子爵家のミレーユがシャルティアナに話しかけてきたのだ。しかし、何故《なぜ》かクスクスと笑っている。

「あの？　どうかなさったのですか？」

笑うミレーユにシャルティアナは首を傾《かし》げた。

「ビアンカ様の髪飾りをご覧になられましたか？」

「いえ、こちらからは少し距離がありますから……」

もう、以前のように、シャルティアナからビアンカに、積極的に近づくことはありえない。少なくとも声が届かない程度の距離をとっていた。

「大きな百合《ゆり》の花の髪飾りをされているのですわ」

扇で口元を隠したミレーユが耳元で囁《ささや》いた。

百合の花……。

百合の花をモチーフにした偽物の宝石を扱う商人。それは最近、一部の貴族達の間で有名な話だった。何故一部かというと、自分が偽物を掴《つか》まされたなど、プライドの高い貴族は口外したがらなかったからだ。

親しい者だけに少しずつ伝えられていた。

それを知った本物の宝石を扱う商人達は、百合がデザインされているものは、本物であっても取り扱わないようになった。シャルティアナも、バルトスからその話は聞いていた。

「ええ!?　では、ビアンカ様は……」

シャルティアナは目を見開いた。あのビアンカが偽物の宝石を身につけているなんて信じられないことだったから。

「気づいて、いえ、ご存じないのでしょう。大きな百合の髪飾りを見せつけるように振る舞っておられましたわ。きっと誰《だれ》も教えてくださらなかったのでしょうね」

社交界で評判が良くないビアンカだが、力ある侯爵家の令嬢だ。お近づきになろうと思う者は少数ながらもいるはず。

それでも偽物の宝石商のことについては誰も教えてくれなかったのだ。よっぽどのことがキースター侯爵家で起こっているのだろうが、シャルティアナもビアンカにそれを指摘してあげるほど、そこまで優しい心は持ち合わせていなかった。

偽物だと気づき、恥ずかしさから自らを振り返り、理不尽に貶《おとし》められてきた令嬢達の気持ちを、少しでもわかってくれたらと祈るばかりだ。

「でも、ルーシュ様はどうされたのかしら、今日は来られていないようですけれど……」

「それは私もよくは知りませんが、何故か急に修道院に入られたそうですわ。ビアンカ様もこれで少し大人《おとな》しくなってくださればいいのですけれどね」

「修道院ですか……そうですね」

手に負えない娘を修道院に入れると聞いたことはあるが、それは十歳から十五歳くらいのデビュー前の令嬢達だ。ルーシュは今年十九歳を迎える。嫁ぎ先を探す年齢で修道院に入るメリットはあまりないはず。

不自然さは感じるが、ルーシュがいなくて寂しいなど感じるはずもなく、シャルティアナはそれ以上深く考えようとしなかった。

そして、もう間もなく茶会もお開きになるという時、ビアンカがシャルティアナの方へと向かってきた。

「あら？　まだ貴族の茶会に参加できたのね。もう会うこともないでしょうが。ごきげんよう」

何故か微笑《ほほえ》みを浮かべたビアンカは、それだけ告げて去っていった。

もう会うことはない……？

何のことかわからないシャルティアナだったが、それだけで済んだことにホッとして、茶会をあとにした。


一月後か……。

茶会から帰ると、シャルティアナは二階の自室で物思いに耽《ふけ》っていた。レオナルドから公爵家に招待されたのは、ちょうど一月後だ。それまでレオナルドに会えないと思うと、少し寂しさを感じてしまう。胸に抱いたクッションを強く抱きしめた。

バルトスもアルティアもシャルティアナの気持ちを優先してくれている。家のことも心配しなくていいと言われた。そうなると、シャルティアナには、レオナルドの求婚を断る理由がなくなってしまうのだ。

私、本当に……。

レオナルドの妻になることを考えて、シャルティアナが一人赤面していると、急に一階が騒がしくなった。

何事かとシャルティアナがリビングに向かうと、帯剣した騎士が五人で、バルトスとアルティアを囲んでいた。

「お父様、お母様！」

慌てて近づくと、五人の内の一人がシャルティアナの手を掴んだ。

「きゃぁ」

「おいっ！　娘に何をする！　私の屋敷にずかずかと上がり込んで、いったいどんな用件だ！」

普段温厚なバルトスも、流石《さすが》に怒りを露《あら》わに騎士と対峙《たいじ》している。

「クレイモン家に反逆罪の容疑がかかっている。今から王城に来てもらう」

「反逆ですって⁉」

「反逆だと⁉」

バルトスとアルティアは同時に叫んだ。容疑があまりにも突拍子のないことだったからだ。

「これ以上説明することはない。おい！　連れていけ！」

隊長らしき男の命令で、四人の騎士達がシャルティアナ達を拘束しようと動きだした。

「触るな！　王城に行けと言うなら従う。私達は無実なのだから。アルティア、シャルティアナ、来なさい」

バルトスは妻と娘の手を掴むと、守るように騎士の前に立ち、用意された馬車へと乗り込んだ。

逃走を防ぐため、三人の周りには騎士が座り、無言の馬車は王城へと向かう。

シャルティアナはあまりに急な展開に混乱していたが、自分の両親は反逆などしない。それだけは確信していた。

着の身着のまま、王城に着いた三人は、国王陛下の前へと連行された。

「バルトス・クレイモン、及びその妻アルティア、長女シャルティアナ。お前達には反逆罪の容疑がかかっている。釈明はあるか？」

いきなり連れてこられた玉座の間で、国王陛下の低い声が響く。バルトス、アルティア、シャルティアナの三人は跪《ひざまず》いたまま顔だけを上げた。

玉座には国王その人が座っており、国王の左には宰相が、一段低い右側には何故かキースター侯爵がいた。そして、壁に沿って騎士達が整列している。

「反逆など、全く身に覚えのないことでございます。私達商人は国の安定を願えばこそ、国に混乱を招こうとして何の利になるでしょうか」

国が混乱していると商売どころではない。バルトスはしっかりとした言葉で答えた。その声に恐れや震えはなく、毅然《きぜん》とした態度だった。

「我が国と敵対する国でないとはいえ、カルト国に資金提供をしたと報告が上がっている。かなりの金額だと言うがこれについて身に覚えは？」

「資金提供などではなく、ウェルム山を購入したため、その対価を支払っただけでございます。他意はございません」

　バルトスが誠心誠意伝える。

「では、何故ウェルム山を買ったのだ？　商人であるクレイモンには必要などないはず。他国に多額の資金を渡したのは事実だろう」

「娘、シャルティアナのためです。あんな程度の金額で資金提供と言われてしまうとは……では、カルト国に資金提供をしたのではない証明に、ゼフィール国にはその倍の金額を納めさせていただきます」

　提示された金額に玉座の間にいた、国王以外、全員が目を丸くした。

「ふむ。誠か？」

「はい。私の浅慮《せんりょ》な行いのせいで、陛下を煩《わずら》わせてしまい申し訳ありません。すぐに用意いたします」

　国王は納得するように無言で三回頷《うなず》いた。これに慌てたのはキースター侯爵だ。

　他国への資金提供で反逆の罪を着せようとしたが、倍の金額を納められればゼフィール国には利益しかなく、反逆の罪に問うのは難しくなる。

「へ、陛下！　そんな大金、男爵ごときが用意できるはずがありません！」

「現に用意すると言うとるではないか。他国に渡した倍の金額を我が国に納めると言うなら、それで良かろう？」

「いけません！　他国に金を渡すということは反逆の意志に他《ほか》なりません！　クレイモン男爵は刑に

処すべきです」

慌てるキースター侯爵は何とかバルトス達を反逆罪で処分しようとする。

「陛下、私には反逆の意志など、微塵もございません」

バルトスは慌てることなく落ち着いて答える。

「陛下！　侯爵である私よりも、男爵ごときの言葉を信じられるのですか？」

国王は困ったように顎《あご》を掻《か》いた。

「しかし、元々ウェルム山を買ったというだけのことだ。それほど大げさにすることではないだろう」

「そ、そのウェルム山を買った理由が怪しいのです！　クレイモン！　娘のために何故山が必要になる？」

キースター侯爵は血走った目でバルトスに詰め寄った。でっち上げの罪を着せたとなれば、自分の地位が危ないからだ。しかし、この質問にはバルトスも言葉に窮《きゅう》してしまった。

正直に、ハンデル公爵家への交渉の材料に使うためと答えれば、ハンデル公爵家を脅したと取られかねない。それ自体はそこまでの罪にはならないが、心証は悪くなるだろう。

「それは……」

「答えられぬことが何よりの証明だ！」

汚い笑みを浮かべたキースター侯爵は、勝ったとばかりに胸を張る。しかし、それはすぐに打ち砕かれることとなる。

「お待ちください！　それは私が頼んだからです！」

後ろから響いた声に、震えていたシャルティアナは振り向いた。

レオナルド様……。

靴の音を響かせながらレオナルドは玉座の前に進み出た。突然乱入してきたというのに、騎士達は誰一人レオナルドを止めようとはしなかった。それはレオナルドの地位と信頼を知らしめていた。

ずっと震えていたシャルティアナの身体《からだ》から、恐怖が消えていった。

「ハンデル公爵、愛《いと》しい者のためとはいえ、嘘《うそ》をついてはなりませんぞ」

レオナルドの登場に、キースター侯爵はこめかみに青筋を立てている。思った通りに事が運ばず、苛立ちが募っているのだろう。

「陛下、婚約者とその両親の危機に、いても立ってもいられませんでした。どうかご無礼をお許しください。発言してもよろしいでしょうか」

跪き、首《こうべ》を垂れるレオナルドに国王は許可を出した。

「許す」

立ち上がったレオナルドは、もう一度深々と頭を下げると話し始めた。

「我がハンデル公爵領の水は全《すべ》て、ウェルム山を水源としております。敵対関係にないとはいえ、今後の憂いを取り去るべく、カルト国に爵位を持ち、商人として信頼できるクレイモン男爵にウェルム山を買い付けていただいたのです。反逆の意志など一切ありません」

「へ、陛下！　このような戯言《たわごと》を……それなら、ハンデル公爵がウェルム山を買えば良いところを、クレイモン男爵に頼るなど」

慌てたキースター侯爵が口を挟むが、それを国王が視線で制し、レオナルドは話を続ける。

「私はカルト国に爵位を持っておりませんので。それに、公爵家の資金をつぎ込んでしまっては自領に万一があった時、対策のしようがありません。そこで、自領を持たぬ、婚約者の父である、クレイモン男爵に頼んだのです」

もちろん、ハンデル公爵家の資金はウェルム山を購入した程度で尽きることはないが、レオナルドはあえて大げさに言葉を発した。

「ぐぬぅ……陛下！　詭弁《きべん》に惑わされては！」

「黙らぬか！　キースター侯爵、先ほどの貴様の言葉を使ってやろう。公爵であるレオナルドの言葉よりも、侯爵である貴様の言葉を信じろと言うのか？」

国王の怒声を浴びたキースター侯爵は、それ以上何も言うことができなかった。これで、クレイモン男爵家の無実は証明されたが、レオナルドはそれで終わりにしなかった。

「この場をお借りして、陛下にお伝えしたいことがございます」

レオナルドはこの日のために徹底的に調べた横領の詳細、キースター侯爵家の資産だけでは到底足りないような宝石等の購入履歴などを読み上げた。

最初は黙って聞いていたキースター侯爵だったが、レオナルドが核心をついてくる頃《ころ》にはガタガタと震えだし、大量の汗をかいていた。

「余罪を上げればきりがありませんが、キースター侯爵の不正は明らかです」

「ち、違うのです！　陛下、私は！」

立っていた場所から転がり落ちるように国王の前に跪いたキースター侯爵は、何とか釈明しようと喚《わめ》いている。

「黙れ！　国民の血税を貪《むさぼ》ったお前こそ反逆者であると知れ！」

レオナルドの言葉に、玉座の間にいる全員が同意した。

そして騎士に連行されるキースター侯爵には、国王より爵位及び領地の没収が言い渡された。

全てが終わり、シャルティアナ達は玉座の間を出て、レオナルドが用意してくれた客室へと向かった。王城へは騎士に連行されて来たため、迎えの馬車を待たなくてはならないからだ。

「ありがとうございました」

一息つくと、バルトスがレオナルドに頭を下げた。しかし、レオナルドは慌ててそれを止めた。

「とんでもない！　貴方《あなた》の情報のお陰でキースター侯爵の不正を暴くこともできました。こちらこそ、ありがとうございました。それから、成り行きとはいえ、シャルティアナ嬢を婚約者と言ってしまい、申し訳ありませんでした」

レオナルドはバルトスとアルティアに頭を下げた。

「私達は、娘の気持ちが最優先です。シャルティアナ？」

バルトスとアルティアは後ろに下がり、シャルティアナの背を押した。

「あ、私……レオナルド様、ありがとうございました。その、婚約者とおっしゃっていただけて、とても、その、嬉《うれ》しかった、です」

シャルティアナは頬を染めてはにかむと、レオナルドが跪き、右手を伸ばしてきた。

「シャルティアナ嬢、憂いは全てなくなりました。どうか私の妻になってください。貴女《あなた》を心から愛しています」

以前同じことをされた時、伸ばされた手は凶器かと思うほど恐ろしかった。だが、今のシャルティアナにとって、その手は喜びでしかなかった。

シャルティアナの心は決まっていた。レオナルドの右手を取り、新緑の瞳《ひとみ》を見つめる。

「はい。私をレオナルド様の妻にしてください。レオナルド様をお慕いしております」

バルトスは少し複雑げに微笑み、アルティアは目に涙を浮かべて笑っていた。

翌日、浮かれに浮かれまくったレオナルドが、シャルティアナを自分の両親に紹介する前だというのに、悪い虫を排除するため、婚約したことを広めまくったことは言うまでもない。

その後、横領と国王を謀《たばか》ろうとした罪で、キースター侯爵家は取り潰《つぶ》しとなり、ビアンカは修道女となることが決まった。

同じ修道女でもルーシュとは違い、期間の定めはない。だが、平民となったビアンカが、街に出て一人で暮らしていけるほど世の中は甘くない。その一生を修道院で終えることとなるだろう。衣食住に困ることはないのだから、温情ある措置と言えるが、贅沢《ぜいたく》に暮らすことに慣れたビアンカには、十分な罰であった。

キースター侯爵とビアンカの敗因は、クレイモン男爵家の莫大《ばくだい》な財産と、己の権力を信じた浅はかさだった。財力のクレイモン男爵家、権力のハンデル公爵家、この二つの家を相手に勝ち目などなかっただろう。

とは言っても、ハンデル公爵家の権力ならいざ知らず、派手に振る舞うことをしないクレイモン男爵家の本当の財力を知る者など、この国にはいなかっただろうが。

11　結婚

シャルティアナとレオナルドの両親との顔合わせも無事に終わり、今日、晴れて二人は結婚式を挙げることとなった。どうしても早く結婚したいと言うレオナルドに押しに押されて、顔合わせから三ヶ月後に結婚式を執り行うこととなったのだ。婚約期間を一年ほど設ける貴族にとっては、異例の早さだった。

式が執り行われる教会は、ゼフィール国で最《もっと》も美しいと言われるモレリエント教会。濃淡の青と黄色のステンドグラスと、差し込む光が混ざり合ってできる緑色とで人々を魅了する。

そして結婚式はクレイモン男爵家の財力をこれでもかというほど注ぎ込み、招待客はハンデル公爵家の身分から王族や高位貴族が大勢を占めた。

最初レオナルドが登場した際、女性の招待客は頰《ほお》を赤らめ、見とれてしまうほどの、美しさだったが、シャルティアナは次元が違った。

バルトスに手を引かれて登場したシャルティアナは、太陽の光がそこに集まってしまったかのように光り輝き、全員が言葉を失ってしまうほどだった。

頭の上で光を放つティアラには、色とりどりの宝石がちりばめられており、その中央にはそれらの宝石達の輝きに負けない、大きなダイヤモンドが輝いている。

日の光を浴びて、輝くような純白のドレスには、繊細なレースがたっぷりと使われており、レオナルドの白のタキシードと揃《そろ》いの模様が銀刺繍《ししゅう》されていた。

シャルティアナが一歩進むごとに、その純白のドレスがステンドグラスの色を受けて様々な輝きを放っている。息をするのも忘れてしまうほどの美しさだった。

そして、少し寂しそうに笑ったバルトスが、シャルティアナの手をレオナルドに渡した。

二人は神父の前まで、ゆっくりと進んでいく。

「レオナルド様、私幸せです」

「ああ……シャルティアナ、私だけの花嫁。今日の貴女《あなた》は誰《だれ》よりも何よりも綺麗《きれい》だ」

「まあ、ありがとうございます」

レオナルドを見つめ、そう言って幸せそうに微笑《ほほえ》むシャルティアナは、美の女神が嫉妬《しっと》してしまうのではないかというほど美しかった。

レオナルドはそんなシャルティアナに、何度殺されると思っただろう。胸は締め付けられるように痛み、緩む表情をなんとかしようと奥歯を噛《か》みしめればひどい頭痛に襲われた。目が合うと呼吸困難に陥りそうになり、立っているのがやっとなほどの目眩《めまい》にも襲われた。

それでもレオナルドは、シャルティアナから目を離すことなんてできなかった。招待客達が苦笑してしまうほど、シャルティアナを見つめていた。誓いの口づけなど周りの存在を忘れてしまい、神父に咳《せき》払いされるまで、我に返ることができなかったほどだ。

ただ、そこにいる誰もがそんなレオナルドの行動に納得してしまうほど、シャルティアナは美しかった。

そして、何とか無事式を終えた二人は、各所への挨拶《あいさつ》も終わりハンデル公爵家へと帰った。

「おかえりなさいませ。レオナルド様。そして、奥様。ハンデル公爵家使用人一同、心よりお待ちしておりました。本日よりよろしくお願いいたします」

ハンデル公爵家の玄関で代表としてアレンが礼をとると、後ろに並ぶ使用人全員が同じように礼をした。流石《さすが》は公爵家、使用人の人数もクレイモン男爵家とは桁《けた》違いだった。

「シャルティアナです。どうぞよろしくお願いします」

シャルティアナは圧倒されながらも、優雅に礼をとった。

「では、奥様はこちらに」

挨拶もそこそこに、侍女がシャルティアナの手を取った。

「あの、レオナルド様は……」

「レオナルド様も準備がございますので、こちらに」

アレンが答え示した先は、シャルティアナとは別の部屋だった。シャルティアナが少しの寂しさを感じレオナルドを見上げると、安心させるように微笑んでくれた。

「大丈夫です。今日からずっと同じ屋敷にいるのですから。また、後ほど会いましょう」

そして、レオナルドはアレンに、シャルティアナは侍女にそれぞれの準備のため連れていかれた。

夫婦となって初めての夜、そう初夜の準備だ。

「さぁ、シャルティアナ様、本日は緊張されてお疲れになりましたでしょう。身体《からだ》を解《ほぐ》させていただきますわ」

「え、や、あの……はい。ありがとうございます」

男爵令嬢だったシャルティアナも、入浴の世話は侍女にしてもらっていた。ただ、それは幼い頃《ころ》からよく知ったネイランだけだった。公爵家の広く豪華な風呂《ふろ》には五人の侍女がおり、自分一人裸を晒《さら》していると思うと、シャルティアナは恥ずかしさに戸惑ってしまった。

しかし、これからはハンデル公爵夫人として、振る舞っていかなくてはならない。シャルティアナはなんとか恥ずかしさに耐え、入浴を終わらせた。

入浴が終わってからは、香油で身体をマッサージされ夜化粧を施された。髪は軽く編まれ、左側に流されている。

そして、薄いナイトドレスの上から分厚いガウンを着せられたシャルティアナは、夫婦の寝室へと案内された。寝室に入ると侍女も退室し、一人レオナルドの訪れを待つことになった。

ドキドキと激しく鼓動する胸を押さえ、シャルティアナはレオナルドの私室に繋《つな》がる寝室奥の扉を見つめていた。

◇

「……爺、もういいだろうか？」

「はい。レオナルド様、よく耐えられました。もう大丈夫です」

アレンに自室へと連れられたレオナルドは、身体……いや、顔の緊張を解いた。式の間、顔がだらしなく緩まないよう、緊張が続いていたのだ。アレン以外いない部屋で、やっとその緊張を解くことができた。

「あああ……いや、もう、シャルティアナは美しすぎる。シャルティアナ自身が眩《まぶ》しく光り輝いて見えるのに、どうしても目を離せなくて、目が焼けてしまうかと思った……息も上手《うま》くできなくて……これから初夜だというのに、爺、どうすれば……」

ソファーに飛び込むようにしてうつ伏せになったレオナルドが、額をぐりぐりと押し付けて叫んでいる。

「まぁ、確かに、奥様の美しさは尋常ではないですね。爺もあと十年ほど若かったら平静ではいられなかったでしょう」

普段ならそんなレオナルドの様子を咎《とが》めるアレンが、深く頷《うなず》いている。

「そうだろう……それに加え、シャルティアナは心も美しいのだ。ああ、ダメだ。思い出すだけで、目眩が……」

立ち上がろうとしたレオナルドは、再びソファーに倒れ込んでしまった。アレンはそんな様子のレオナルドにため息をつくと、一枚の姿絵を用意した。

「レオナルド様、こんなこともあろうかと、ここにクレイモン男爵から譲っていただいた、奥様の肖《しょう》像《ぞう》画があります。夜までにこの肖像画で何とか平静でいられるように、奥様の美しさに慣れましょう！　それに奥様も夜は着飾っておられませんので、輝きも少しはましになるかと」

「肖像画……ああ、絵ですらシャルティアナは輝くように美しい！　そうだな。慣れれば大丈夫なはず……」

そして、レオナルドは寝室に向かうギリギリまでシャルティアナの肖像画を眺め続けていた。

いつも冷静沈着《れいせいちんちゃく》で優秀かつ眉目秀麗《びもくしゅうれい》なレオナルドの残念な姿は、ハンデル公爵家ではアレン以外誰一人知らない。


レオナルドは寝室に繋がる扉を前に、逸《はや》る気持ちを落ち着けようと、十回ほど深呼吸を繰り返していた。先ほどまで見つめ続けた肖像画と、記憶の中のシャルティアナには、もう動揺することはない。

大丈夫だ……。

コンコンとノックをすると、レオナルドは扉を開けた。寝室には視界が確保できる程度の火が灯《とも》されており、ガウンを羽織ったシャルティアナがベッドに腰かけていた。

夜会や結婚式の時のような、シャルティアナの魅力を最大限に引き出す化粧は施していないはずなのに、月の精霊かと思うほど、優しく光るような可憐《かれん》さだった。

レオナルドはシャルティアナに吸い寄せられるように近づいた。

「シャルティアナ……」

「レ、レオナルド様」

レオナルドはシャルティアナを優しく抱きしめると、柔らかなピンクの唇に触れるだけの口づけを落とした。

「可愛《かわい》い、可憐だ、美しい。全《すべ》ての褒め言葉は貴女のためにあるようだ」

「そんな、褒めすぎです……」

シャルティアナは過分な褒め言葉に頬を染めた。

「ああ、シャルティアナ、貴女を心から愛しています」

「レオナルド様……私も愛しておりますわ」

レオナルドは抱きしめていた腕に更に力を込め、シャルティアナに再び口づけた。先ほどの軽い口づけではなく、何度も角度を変え、唇を食《は》み、その先を催促するように舌でノックする。それに応《こた》えるように、シャルティアナがおずおずと口を開くと、レオナルドの厚みのある舌が深く差し入れられた。

他《ほか》に物音のしない静かな夫婦の寝室に、二人の口づけの音が響く。何度も舌を絡め、お互いの口内を味わい尽くす頃には、二人の境界線が曖昧《あいまい》になっていた。やっと唇を解放されたと思ったシャルティアナは、気づけば背中に柔らかなベッドの感触があり、レオナルドの顔を見上げていた。レオナルドは優しく微笑んでおり、シャルティアナは安心し、全てを受け入れるように目を閉じた。

大きなレオナルドの手がシャルティアナのガウンを脱がせていく。シャルティアナの身につけているナイトドレスは、紫色の透き通るほど薄い生地で、たわわに実った二つの果実や、くびれた細い腰、柔らかなお尻《しり》がくっきりとわかり、煽情《せんじょう》的だった。

「くっ……」

レオナルドは、シャルティアナのあまりの色香に息が止まりそうになり、一瞬手を止めてしまった。

しかし、それを不安に思ったシャルティアナが、閉じていた瞳《め》を開く頃には平静を取り戻し、ナイトドレスの胸元にあるリボンをほどいた。

そのナイトドレスは初夜に相応《ふさわ》しく、リボンをほどけば一枚の布と化してしまい、下着を身につけさせてもらえなかったシャルティアナは、全てを曝《さら》け出すことになった。

「あ、あまり、見ないでください……は、恥ずかしいです」

シャルティアナはあまりの恥ずかしさから、真っ赤になり、両手でシーツを握りしめた。

そんな可愛らしく羞恥《しゅうち》に震えるシャルティアナに、レオナルドの理性は焼き切れそうになったが、糸ほどになった理性を何とか繋ぎ止めることに成功した。

「見ないなんて無理です……シャルティアナの全てを見せてください」

レオナルドの手が、優しくシャルティアナの身体を這《は》っていく。その肌は吸いつくように、それでいて柔らかく滑らかだった。その感触だけで、既に臨戦態勢のレオナルドのそれは、更に硬さを増す。痛いくらいに主張するそれから何とか意識を逸《そ》らし、初めて開かれるシャルティアナの身体を解すべく、全神経を集中させた。

たわわな二つの果実を手で包み込むようにやわやわと揉《も》み、指先でその頂きを優しく転がした。その度にシャルティアナの身体はピクピクと反応する。レオナルドはシャルティアナの敏感な反応に頬を緩めながらも、嫌がっていないか、怖がっていないかと細心の注意を払って進めていく。

そして、シャルティアナが胸への愛撫《あいぶ》にも慣れ始め、身体から強張《こわば》りが抜けると、レオナルドはその敏感な頂きを口へと含んだ。

「ん、やぁ……あ、あぁ」

レオナルドの舌の動きに合わせて、もどかしいような、くすぐったいような快感が、シャルティアナの下腹部に溜《た》まっていく。そして留《とど》まりきれなかった快感が溢《あふ》れ出し、シャルティアナの秘所を潤ませていく。

そして、レオナルドが蜜《みつ》の滴る秘所にそっと指を這わすと、くぷりと音を立てて、蜜がさらに溢れ出した。

「ひっ……やぁ」

シャルティアナが秘所に触れられるという、未知の感覚に怯《おび》えを滲《にじ》ませると、レオナルドは無理に事を進めようとはせず、優しい口づけで、ゆっくりと時間をかけてシャルティアナの心も解していった。

レオナルドは丁寧に優しく、決して痛みを与えないよう、指をシャルティアナの花壺《つぼ》に沈めていく。

「ふぅ……あ、ぁっん」

たった指一本であるはずなのに、シャルティアナの花壺は狭く、レオナルドの指の侵入を阻む。

「シャルティアナ、大丈夫です。力を抜いてください」

「え？　あの、ど、やって？」

「与えられる感覚を素直に受け止めてください」

レオナルドはそう言うと、シャルティアナの脚を大きく開いた。シャルティアナはあまりの恥ずかしさからとっさに脚を閉じようとしたが、既にレオナルドが脚の間にいて不可能だった。

しかも、ありえない場所に、ありえない感覚が走った。

「ひゃっ、ぁん……そんな、とこ……」

「大丈夫です。素直に受け止めてください。快感に抗《あらが》わないで」

レオナルドは花芽を舌で探り当てると、くにくにと柔らかく刺激し、時には強く吸い付いた。

「あっ、んん、ひぅ……はぁっん……」

シャルティアナが気づいた時には、花壺の中の指はいつのまにか二本に増やされており、くちゅくちゅと恥ずかしい音を立てている。

「あっ、ひぁっん、んん」

シャルティアナの蜜はとめどなく溢れ、シーツを濡《ぬ》らしていく。潤いも十分だ。そして、花壺の準備ができたことを確認すると、レオナルドは己自身を取り出した。

「今日だけ、痛むのは今日だけですから。少しだけ我慢してください」

レオナルドの言葉を、シャルティアナがぼうっとする頭で理解する頃には、花壺の中にレオナルドがゆっくりと己を沈め始めており、返事をすることはできなかった。

「ふぅ……ん、ん」

あまりの異物感、圧迫感に、シャルティアナの息が上がる。レオナルドは慎重に腰を進めるが、どうやっても破瓜《はか》の痛みだけは与えてしまうことになるだろう。

「やぁっ、いたっ……ぅ」

「痛かったら、私に爪《つめ》を立てても、噛んでもいいです。シャルティアナ、すいません。止めることは無理です」

レオナルドはそう言うと、一気に花壺の最奥へと己を沈めた。どうせ痛むならできるだけ早くと思ってのことだ。

「いぁっ！」

だが、そのあまりの衝撃と痛みに、シャルティアナは目を見開き、瞳からは涙が溢れた。レオナルドは己の形がシャルティアナに馴染《なじ》むまで、痛みが治まるまで腰を動かすことはせず、シャルティアナを強く抱きしめた。

そして、浅く呼吸を繰り返していたシャルティアナが落ち着くと、ゆっくりと抽送を開始した。

「ふあ、あっ、あん……ぅあ」

初めて男を迎え入れたシャルティアナの花壺は、痛みが強く快感を拾うことは難しかった。生理的な喘《あえ》ぎ声が漏れるだけで、シャルティアナの顔は苦しそうに歪《ゆが》められている。

そんなシャルティアナのためにも、レオナルドは己の快感を優先することはせず、初夜を無事に終えるため、すぐさま己の欲望を爆《は》ぜさせた。

シャルティアナは身体の奥深くで爆ぜた熱を感じ、初夜を無事に終えられた安心感から気を失ってしまった。

レオナルドは、気を失ったシャルティアナの頬に口づけると、美しい身体を汚してしまっている欲望の残滓《ざんし》を綺麗に拭《ぬぐ》っていった。時折、拭う刺激でピクリと反応するシャルティアナに、レオナルドは何度も深呼吸を繰り返し、荒ぶる気持ちを落ち着ける。

これ以上はダメだ……。

先ほどの交わりがレオナルドを満足させたかと言うと、それはない。だが、初夜から愛《いと》しい妻を、思いのまま何度も貪《むさぼ》るなんてレオナルドにはできなかった。

結婚式の準備から初夜まで、シャルティアナはどれほど疲れただろう。それに加え、未知の体験と破瓜の痛みも味わったのだ。愛しているからこそ、今はゆっくり寝かせてあげたかった。それに、初夜で恐怖を与えてしまっては、今後夫婦の営みを拒否されてしまうかもしれない。レオナルドはシャルティアナの身体が、しっかりと快感を拾えるようになるまで、自分の欲望の全てをぶつけることはしないと心に決めていた。

綺麗に拭い終わると、シャルティアナの力の抜けた身体にガウンを着せた。ナイトドレスはどうやって着せていいか、男のレオナルドにはわからず、裸で抱き合っていて、何もせずにいられるような自信はなかったからだ。

後始末を終えたレオナルドは、ベッドに入り、起こさぬよう慎重にシャルティアナを抱き寄せた。腕の中の身体は男のそれとは違い、あまりに柔らかく、ほのかな甘い香りが鼻をくすぐる。ただ、それだけなのに、レオナルドの身体はまた熱を取り戻してしまう。

「ふぅ……」

レオナルドはその熱を何とかやり過ごし、スヤスヤと眠るシャルティアナに口づけた。その寝顔はいつもより少しだけ幼く見え、薄く開いた唇がなんとも可愛い。今のシャルティアナは、美しいと言うよりも愛らしかった。

「……ダメだ、ダメだ」

シャルティアナを見つめているだけで、硬くなるそれに言い聞かせるようにして、これ以上顔を見ないように、後ろから抱きしめた。眠りさえすれば、この欲望は鎮まるはず。レオナルドは固く瞳を閉じた。

しかし、レオナルドの瞳はすぐに開かれることとなった。

「ん……レオナルド、さ、ま」

シャルティアナがむにゃむにゃと甘えた声で、レオナルドの名を呼び、寝返りを打ったのだ。シャルティアナの柔らかい唇がすぐそこまで迫り、レオナルドの理性は限界を迎えた。

ぁぁぁぁー！　ダメだぁぁぁ――……。

目を見開き、最後の理性《ちから》を振り絞ったレオナルドは、できる限りゆっくりと、けれども迅速《じんそく》にシャルティアナから離れると、脱兎《だっと》のごとく寝室を出た。

向かった先は風呂だ。

レオナルドは落ち着いてシャルティアナの隣で眠れるようになるまで、風呂でその欲望を処理することとなってしまった。

いったいいつ眠りにつくことができるのか。それはレオナルドにもわからなかった。

◇

シャルティアナが目を覚ますと、外はほんのりと明るくなり始めたばかりだった。振り向くと、まだレオナルドは眠っている。そして自分の身体を確認すると、清めてくれたのかさっぱりしており、ガウンを着ていた。

レオナルド様が着せてくれたのね……私、本当にレオナルド様と……。

シャルティアナは熱くなった頬を押さえ、レオナルドに求婚されてからのことを思い出した。

求婚された時は、クレイモン男爵家が貴族社会で抹殺されてしまうことがたまらなく恐ろしかったが、レオナルドの人違いとわかりどれほど安堵《あんど》しただろう。結局レオナルドはそのまま結婚を申し込んできたが。そのことで、ビアンカとその取り巻き達から妬《ねた》まれてしまい、頬を叩かれ、嫌味を言われもした。

なんとかレオナルドに嫌われようと華やかに着飾り、隠していた顔を見せた。けれど、余計に惚《ほ》れ込ませてしまう事態となってしまったことはもう笑うしかない。

いわれのないことで、クレイモン男爵家がいきなり反逆罪に問われそうになってしまったのは、つい三ヶ月前の出来事だ。しかし、反逆罪だと訴えたキースター侯爵家が、逆に横領を暴かれ、取り潰《つぶ》されることになった。

シャルティアナの行動は何一つ上手くいかなかった。空回りもいいところである。取引先を押さえられ、クレイモン男爵家が潰されてしまうことを恐れていたのに、他国の山を購入し、その倍の額をゼフィール国に納め、それでもバルトスは涼しい顔をしていた。

いったい、クレイモン男爵家にはどれほどの財力があったのだろうか。シャルティアナが思っていたよりもあることは確かだ。

気づけばレオナルドとの結婚を厭《いと》う理由が、一つ、また一つとなくなっていった。

全てお父様とレオナルド様が手を回していたのかしら？　そんな、まさかね……。

シャルティアナの目の前で眠る愛しい人は、とても心優しい人だ。人を陥れるようなことなどできるはずがない。そして、父であるバルトスも然《しか》りだ。

結局、どうやっても自分はレオナルドと結婚する運命だったのねと、シャルティアナは笑った。

そして、温かい愛しい人の腕の中で、もう一度目を瞑《つむ》った。

12　結婚休暇

　太陽が昇りきった頃《ころ》、シャルティアナは再び目を覚ました。見上げると、新緑の瞳《ひとみ》が優しげにシャルティアナを見つめていた。しかし、レオナルドはどこかスッキリしたような、それでいて何故《なぜ》かげっそりしたような顔をしていた。それを昨日の疲れだと思ってしまったシャルティアナに非はない。

「シャルティアナ、身体《からだ》は大丈夫でしょうか」

　レオナルドがシャルティアナの頬《ほお》にかかった髪を梳《す》きながら問うた。

「はい。大丈夫です。レオナルド様はお疲れではないでしょうか」

「ああ……可愛《かわい》い……て、コホンッ、疲れておりません。では、少し遅くなりましたが朝食にしましょう。こちらに運んできてもらっています」

　レオナルドは既に着替えを済ませており、ベッドから立ち上がると、朝食の並べられたテーブルの椅子《いす》を紳士らしく引いてくれた。

　しかし、シャルティアナは立ち上がると少し表情を曇《くも》らせてしまった。痛みはないのだが、下腹部に違和感というか、重みを感じたからだ。そのため、少し動きがぎこちなくなってしまったのを、レオナルドは見逃《みのが》さなかった。

　シャルティアナの腰と膝にレオナルドの腕が差し入れられ、逞しい腕に抱きあげられていた。

「きゃっ……」

「無理をしてはいけません。私がテーブルまで連れていきましょう」

「や、あ、そんな……え？　あの、これは？」

恥ずかしさから断ろうとしたシャルティアナだったが、気づけばレオナルドの膝《ひざ》の上に乗せられ、朝食を前にしていた。

「疲れているのでしょう？　私が食べさせてあげますね」

ニコニコと笑うレオナルドは、返事を聞くよりも先に、小さく切られたサンドイッチをシャルティアナの口に運んだ。

「じ、じぶん……んぐっ」

自分で、と言おうと開いた口はサンドイッチでいっぱいになり、吐き出す訳にもいかず、咀嚼《そしゃく》しなければ次の言葉を発することができない。もぐもぐと急いで飲み込もうとすると、レオナルドの手には既に次のサンドイッチが摘ままれていた。

「ああ、可愛い。はぁ……可愛すぎる……さぁ、口を開けてください」

「や、あの……はい……」

シャルティアナを見つめるレオナルドのあまりの嬉《うれ》しそうな顔に、断ることが悪いことのように思えてしまう。結局、シャルティアナは顔を赤らめ、雛鳥《ひなどり》のように口元に運ばれる物を、食べることとなってしまった。レオナルドはニコニコとこれでもかと言うほど笑っている。

「さあ、次はポタージュスープを……あ！　ぐはっ……ゲホゲホッ。も、申し訳、ありません」

スープを口から胸元にかけてこぼしてしまった時だけ、レオナルドは胸を押さえ、苦しそうな顔をしていたが。そして、サンドイッチを全《すべ》て胃袋に収め、スープを飲み、フルーツを一口食べたところで、シャルティアナは満腹になった。

「もう、お腹《なか》いっぱいです」

「え、まだ食べさせ……って、ゴホッ……では、身体が大丈夫でしたら、庭に出てみませんか？　どの季節でも花が咲いている、ハンデル公爵家自慢の庭なのです。ぜひ、案内させてください」

「……？　はい。それは嬉しいのですが。レオナルド様、風邪《かぜ》を召されたのでしょうか？　先ほどから何度も咳《せ》き込んでいらっしゃいますが……体調が優れないのであれば、お庭はまた今度でも」

　時折咳き込むレオナルドをシャルティアナは心配気に見つめた。

「えっ!?　か、風邪では、ありません。どうか、気にしないでください。では、支度のために侍女を呼びますね」

　そして、レオナルドの呼ぶ声に三人の侍女が現れ、シャルティアナは衣装部屋へと連れていかれた。支度と言っても、ハンデル公爵家から出る訳ではないので、動きやすいワンピースに、髪も結い上げはしなかった。化粧もほどほどに、すぐにシャルティアナの支度はできた。

「お待たせいたしました」

「……」

　硬まったまま返事をしないレオナルドに、シャルティアナは首を傾《かし》げた。

「あの、レオナルド様？」

「はっ！　で、では、行きましょう」

貴族女性は、公の場では必ず髪を結う。それが、礼儀でもあるのだが、シャルティアナは腰まである、艶《つや》やかなハニーブロンドの髪を下ろしていた。女性が髪を完全に下ろした姿を目にできるのは、家族など親しいものだけだ。歩くたびにさらりと揺れるまっすぐな髪は、とても綺麗《きれい》だった。

いつもとは違う雰囲気のシャルティアナに、レオナルドがすぐに返事をできなかったことは、もう、仕方がないだろう。咳き込まなかったのは、風邪と心配されないための、レオナルドの意地だったに違いない。

レオナルドはシャルティアナに手を差し出し、自慢の庭までエスコートした。ハンデル公爵家の自慢と言うだけあって、手の込んだ庭は一日中見ていても飽きないほど、素晴らしかった。

「本当に素晴らしい庭でしたわ」

部屋に戻り温かいお茶をソファーで飲みながら、シャルティアナは満面の笑みを見せた。

「それは良かった。ここはもう貴女《あなた》の家ですから、いつでも見られますよ」

向かいに座ったレオナルドも嬉しそうに笑っている。

「はい。嬉しいです。季節が巡るのが楽しみです。そう言えば、レオナルド様はいつからお勤めに戻られるのでしょうか」

「殿下より、結婚休暇として、今日を含め五日いただいておりますので、ゆっくりできますよ」

「五日も！　ブライアン殿下はお優しい方ですのね」

「ええ。本当に」

庭の散策を終えた二人は微笑《ほほえ》みながら、その日一日、穏やかに過ごした。

―結婚休暇前、ブライアン殿下の執務室にて―


「こちらと、これも、この期日は明後日です。議会にはこちらを。こちらは急ぎませんので結構です」

テキパキと大量の書類を仕分けし、並べていくレオナルドに、ブライアンは一抹の不安を覚えた。

「レオナルド、いったいどれくらい休暇を取るつもりなのだ？」

「五日です」

「おまっ、どれだけ仕事があると思っている？　二日にしろ」

「五日です」

「……せめて三日だ」

「五日です」

「頼む、四日にしてくれ……」

「今まで休めていない分の休暇をまとめて申請して、十日いただきましょうか？」

「……五日でいい」

ブライアンは深い深いため息をついた。

そして結婚式が終わり、レオナルドが休暇を取っている間、ブライアンは代理の補佐官と書類に埋もれ、食事はおろか、睡眠すら満足にとることができなかったらしい。

だが、レオナルドがそれを知るのは、休暇が終わってから……。

穏やかに、幸せに過ごした五日間。レオナルドは初夜以降、シャルティアナの身体を求めなかった。

シャルティアナは、毎夜、今日も、今日は、今日こそは求められるのではないかとドキドキしていたが、レオナルドがそんな雰囲気を出すことはなかった。噂《うわさ》に聞いた話では、結婚してすぐは夫から何度も求められるという。けれどそうではないレオナルドにシャルティアナは不安を感じていた。

いつも、軽く口づけし、抱きしめられて眠る。シャルティアナは、うるさい鼓動に眠気など全くなかったが、人から温もりを分けられる安心感から、いつの間にか眠りに落ちていた。それがこの三日間である。

◇

今夜でレオナルドの休暇は終わりだ。五日ぶりの仕事はとても繁忙するだろう。本来なら翌日のことを考えて早く休むことが正しいのかもしれない。だが、シャルティアナは今夜こそはと思っていた。

ベッドに腰かけ、レオナルドを待つ。いつも以上にうるさい鼓動は、全身が心臓にでもなったのではないかというほどだった。そして、夫婦の寝室へレオナルドがやってきた。いつものように、新緑の目を細め、ニコニコと笑っている。

「とても楽しい休暇でした。シャルティアナも、明日からはハンデル公爵家の女主人としての仕事を覚えてもらうことになります。明日に備えて眠りましょう」

そう言ってレオナルドはシャルティアナに軽く口づけた。そしてベッドに入ったレオナルドは後ろからシャルティアナを抱きしめた。初夜以降、いつもと同じである。

「あの……レオナルド様？　その、もう、眠るのですか？」

「え？　そのつもりですが、どうかしましたか？」

『もう』とは言っても、いつもと同じ時間にベッドに入ったレオナルドは首を傾げた。

「えっと……」

シャルティアナは言葉に窮《きゅう》してしまい、言葉にできないならと、振り返ってレオナルドに口づけた。

慣れないそれは、口づけというよりも唇をぶつけたようなものだったが、シャルティアナにはそれが精一杯だった。

「…え？」

レオナルドは驚きに硬まっている。シャルティアナは恥ずかしさから真っ赤になり、レオナルドの胸に顔を押し付けた。レオナルドの鼓動も心なしか速いようだ。

「あの、シャルティアナ？」

「……レオナルド様、私は、何かおかしかったのでしょうか」

答えない訳にはいかず、シャルティアナは顔を押し付けたまま、何とか言葉にした。

「おかしい、とは？」

こんなことを言えば、ふしだらな女だと嫌われてしまうかもしれない。けれど、シャルティナは止めることはできなかった。

「……しょ、初夜で、何か、し、失敗でもしてしまったのでしょうか」

シャルティアナの言葉にレオナルドは目を見開いた。あんなに幸せだと思える時間は、今までなかったからだ。

「あんなに幸せな夜はありませんでした。ずっと、ずっと欲しくてたまらなかった愛《いと》しいシャルティアナをこの腕に抱くことができた、初めての日なのですから」

「で、でも、それ以降は、その……」

恥ずかしさのあまり、シャルティアナは決定的な言葉を口にすることができなかった。けれど、レオナルドに伝えるにはそれで十分だった。

レオナルドは『ぷつん』どころではなく、『ぶっちん』と、ものすごい音を立てて、理性が焼き切れるのを感じた。

「シャルティアナ……」

レオナルドの口がとても愛おしそうにシャルティアナを呼ぶ。その声につられてシャルティアナが上を向くと、すぐに唇が降ってきた。

「レ、んん……ナ、ド、んぅ、さま」

言葉を発するために開いた口は、レオナルドの舌の侵入を許してしまい、息も唇も舌も何もかも貪《むさぼ》られるように深く口づけられた。

そして、唇を貪ったまま、レオナルドの手はシャルティアナの柔らかな身体を弄《いじ》る。その動きは初夜のそれとは違い、余裕などないようだった。すぐに胸の頂きを見つけ出し、指先で弾《はじ》くような刺激を送られる。

「ああ、私は……ん、どれほど、馬鹿《ばか》なの、でしょうか」

執拗《しつよう》な口づけから解放されると、レオナルドの唇は首筋を這《は》い、下腹をくすぐるように舐《な》める。胸の頂きはレオナルドの手で形を変えられ、摘まれたり、コロコロと転がされたりと、シャルティアナの身体の奥に熱を溜《た》めていく。

「ひゃぁっ、ん」

シャルティアナは、いつの間にかナイトドレスどころか下着まで脱がされており、レオナルドの腕によって大きく脚を開かされた。

「愛しい貴女に、そんな不安を抱かせてしまうなんて……」

「きゃぁっ、んんん」

いきなり敏感な花芽に吸い付かれたシャルティアナの身体は、ビクッと大きく震えた。

「んん、や、ああ、レ、オナル、ドさま」

「許してください。初夜で辛《つら》そうにする姿を見て、貴女の身体を心配していたのです……言い訳にしか、なりませんね」

レオナルドは器用にも、花芽を舌でクルクルと舐めながら、喋《しゃべ》っている。今や胸の愛撫《あいぶ》はそのままに、蜜《みつ》をこぼす花壺《つぼ》には、二本の指が沈んでいる。初夜でレオナルドを受け入れた花壺は、痛みなどない。

「ひっ、いん、やぁ……ふぅあっ」

痛みどころか、シャルティアナの敏感な身体は、その全てから快感を拾ってしまい、逃れようと身体を捩《よじ》るも、レオナルドの腕がそれを許さなかった。

「ん、こんなにも、私は貴女を求めて……いるのに」

レオナルドの指が沈められた花壺は、ぐちゅぐちゅと恥ずかしい音を立て、シャルティアナの羞恥《しゅうち》を煽《あお》る。

そこはもう痛みを感じることはなく、快感だけが身体を支配していく。

「う、ひぃやっ……ああっ、まっ、てぇっ」

シャルティアナはあまりの快感に、上手《うま》く呼吸すらできず、身体の奥底から湧《わ》き上がる何かが全身を強張《こわば》らせた。ビクビクとシャルティアナは痙攣《けいれん》し、達したことをレオナルドに教えた。

「ああ、可愛い……綺麗だ。美しい。愛しています。シャルティアナ。本当は毎日でも貴女を愛したい……」

初めて達した余韻に、脱力するシャルティアナの腰を持ったレオナルドは、己の欲望を蜜の滴るそこへと突き入れた。

「ん……ふぁ、ああっ」

レオナルドの剛直がシャルティアナの最奥を穿《うが》つ。その激しさと与えられる快感は初夜の比ではない。

最初から壊れるほど腰を打ち付けられ、それでも胸の愛撫は終わることがなく、シャルティアナは甘い嬌声《きょうせい》を上げ続けるしかできなかった。

「シャルティアナ、シャルティアナ、私の愛しい人」

「うぁっ、ん、んーっひっ、あぁ」

ぱんぱんと腰がぶつかる音が一際大きくなり、質量を増したレオナルドの剛直はシャルティアナの中で爆《は》ぜた。

シャルティアナにその後の記憶は一切なかった。

◇

ブライアンは、執務机に山のように積まれた書類を見て顔を引きつらせていた。五日間ほとんど睡眠も取らずに捌《さば》いているのに、終わりが見えないどころか減っているとすら思えない。

これを見たらレオナルドは何と言うか……。

たった五日でこんなことになるとは。どれほどレオナルドが優秀だったのか、ブライアンは身をもって知った。

日も昇り、一刻も早く執務室の扉が開くことを祈る。

そして、ようやくレオナルドは現れた。

「レオナルド！　よく来た！　これは、すまない……」

眉間《みけん》に皺《しわ》を寄せているレオナルドに、ブライアンは素直に謝った。レオナルドが書類の山に呆《あき》れているのだと思ったからだ。

「ブライアン殿下、結婚休暇をいただき、ありがとうございました。本日より職務に戻らせていただきます」

しかしレオナルドは硬い表情のままだった。

「ああ、それはいい。すまないが、ここにある書類の仕分けから頼む」

そして、ブライアンの言葉にレオナルドはすぐさま動いた。急ぐもの、そうでないもの、レオナルドのサインで済むもの。

机を占領していた書類の山はみるみるなくなり、昼を過ぎる頃には残すところあと三枚ほどになっていた。

しかし、レオナルドの眉間の皺はなくならない。それどころか、朝から表情一つ変わらなかった。

「……レオナルド、その顔はどうしたのだ？」

「申し訳ございません、殿下。あまりにも、幸せな五日間でしたので、気を抜くと溶けてしまいそうになるのです」

「はぁ？　溶ける？　意味がわからぬが……」

ブライアンは目を丸くし、レオナルドを見た。

「いえ、物理的に溶けます。それはもう職務などできないほどにどろどろと」

「人間が溶けるわけなどないだろう……まったく、その顔を何とかしてくれ。気が滅入る」

表情を変えず訳のわからないことを言うレオナルドに、ブライアンは呆れて書類に目を戻した。

「……良いのですね？」

「は？」

再び顔を上げたブライアンが見たものは。

こ、これは……。

レオナルドがどろどろに溶けた姿だった。

その日ブライアンはレオナルドを固めることに四苦八苦《しくはっく》したという。

13　新しい命

それからレオナルドとシャルティアナは何事もなく過ごし、幸せな日々を送っていた。気づけば結婚してから半年の月日が経《た》っている。

今日、シャルティアナは実家であるクレイモン男爵家へと帰省していた。

「まぁまぁ、シャルティアナ。おかえりなさい」

「ああ、シャルティアナ。おかえり」

既に懐かしいと感じる実家の門前で、シャルティアナは両親から熱烈なハグを受けていた。

「お父様、お母様。お久しぶりです」

ハンデル公爵家に嫁いでからというもの、公爵夫人として学ぶことが多かったため、ゆっくりと両親に会う時間を取ることができなかった。最近になってやっと余裕ができ、三日間だけだが帰省することができたのだ。

優しい父と母、懐かしい自分の部屋。何故《なぜ》だか原因はわからなかったが、最近少し塞《ふさ》ぎ込んでいたシャルティアナは、久しぶりにのんびりと過ごすことができた。

「あら？　もういいの？」

アルティアが心配そうに聞いた。何故なら、夕食はシャルティアナの好きなものばかりを用意したのに、ほとんど手を付けずに、シャルティアナがフォークとナイフを置いてしまったからだ。

「少し食欲がなくて。でもとても美味《おい》しかったわ」

「最近暑い日が続いているからね。疲れが溜《た》まっているんだろう。無理をしてはいけないよ。フルーツでもいい。もう少し食べなさい」

「そうするわ」

バルトスの言葉に、シャルティアナはパイナップルを口に運んだ。冷たい口当たりと程よい酸味で食欲のないシャルティアナにも食べやすかった。

食後には家族三人でお茶を飲み、この半年間の出来事を話し合った。

とても心癒《いや》される時間だった。もちろんレオナルドと一緒にいても癒されるが、彼の前では少しでも綺麗《きれい》でいたいと思うし、好かれたいと思う。

だけど両親は違う。この世界に裸で生まれ落ちたその日から育て、全《すべ》てを曝《さら》け出しても愛してくれると確信できる存在。

買い物や食事に出かけても、向かう場所は全てシャルティアナの好きな店だった。食欲はなかったが、少し疲れが取れたのかいつもよりは食べることができた。

そしてシャルティアナは公爵夫人という立場を忘れ、帰省中は心行くまで両親の愛情に浸りゆっくりと過ごした。

しかし楽しい時間とはすぐに過ぎるもので、もう明日の朝にはハンデル公爵家へと帰らなければならない。

シャルティアナは冷たい水を一口飲むと、ベッドへ入ろうとした。そこへ、コンコンと扉をノックする音が響く。

「シャルティアナ、少しいいかしら？」

部屋の外からアルティアの声が聞こえた。

「お母様、大丈夫よ」

夜着に身を包んだアルティアが部屋に入ってきた。ベッドに腰かけていたシャルティアナは立ち上がり、ソファーへと向かう。

「聞きたいことがあったの」

困ったように笑うアルティアとシャルティアナは、ソファーに向かい合って腰かけた。

「食欲がないようだけど、お医者様には診《み》てもらった？」

「いいえ。全く食べられないわけじゃなかったから……それに、お母様とお父様の顔を見て安心したのか少し食べられるようになったから大丈夫よ」

母に心配をかけてしまったことに、シャルティアナは心苦しくなった。けれど、少し食欲がないだけなのだ。心配するほどのことではないのだと、大丈夫だとシャルティアナは笑った。

「そう……でも、どれくらい前からなの？」

それでもアルティアの表情は晴れない。

「一週間くらい前からかしら……それまでは普通に食べられていたのだけれど」

「ねぇ……シャルティアナ、前回の月のものはいつだったの？」

アルティアの問いにシャルティアナは驚いた。

「そういえば！　……もう、二月ほど前だわ」

アルティアに言われて初めて気づいた。その可能性があったのだと。結婚してからもう半年経つのだ。遅いくらいかもしれない。

シャルティアナの答えに、やっとアルティアは笑った。

「やっぱり！　私が貴女《あなた》を身ごもった時も急に食事ができなくなって、でも実家に帰ると不思議と気分が楽になったものよ」

「お母様は気づいていたのね……」

「ふふふ、母親ですもの。でもぬか喜びにならないように、お父様にはまだ内緒ね。私達が夫であるレオナルド様より先に知ることはできないから、公爵家に帰ったらきちんとお医者様に診てもらうのよ？　ちゃんとわかったら教えてね！」

それだけ言うと、アルティアは立ち上がり、弾むようにして部屋を出ていった。アルティアを見送ったシャルティアナはまだ、膨らみもしていない下腹を優しく撫《な》でた。

私とレオナルド様の……。

その晩シャルティアナは高揚した気分になかなか寝付くことができず、眠りに落ちたのは日付が変わってからだった。それでも、翌朝予定していた通りに実家を出て、夕刻にはハンデル公爵家に着くことができた。

「ただいま帰りました」

シャルティアナが門をくぐると、既に帰っていたレオナルドが優しく抱きしめてくれた。

「おかえり。ゆっくりできたかな？」

レオナルドの口調は夫婦として過ごすうちに、親しみやすいものに変わっていた。

「ええ、とても楽しかったです」

シャルティアナもレオナルドの背に手を回し、挨拶《あいさつ》の口づけを交わした。

「そうか……私はたった三日だというのにとても寂しくて長い日々だったよ」

「まぁ」

クスクスと二人で笑い合い、夕食のため、食堂へと向かった。最近食欲のないシャルティアナのために、あっさりしたものが並んでいる。

決定ではないが可能性の高い原因がわかり、心が軽くなったシャルティアナはいつもより食べることができた。

そしてその夜。

「シャルティアナ……」

夫婦の寝室で眠りにつこうとした時、レオナルドがシャルティアナを呼び口づけてきた。最初は軽く、そしてどんどんと深くなる口づけに、いつもの流れを感じたシャルティアナは、月のもの以外で初めて断りの言葉を口にした。

「レ、レオナルド様。あの、今日は少し疲れていて……ご、ごめんなさい」

「え？　あ、いや……すまない。そうだね。今夜はゆっくり寝よう」

レオナルドは一瞬驚いた顔をしたが、すぐに微笑《ほほえ》むとシャルティアナを後ろから抱きしめてくれた。

申し訳ない気持ちになりながらも、愛《いと》しい人の温かい腕の中、シャルティアナはすぐに眠りについた。

翌朝、目を覚ましたシャルティアナはすぐさま行動した。医者の手配である。

今の段階でレオナルドに知られる訳にはいかないため、アレンに頼んでこっそりとハンデル公爵家かかりつけの医者に連絡を取ってもらった。医者は午前中に来てくれるらしい。

そして、仕事に行くレオナルドを見送るため、シャルティアナは門前まで出た。レオナルドは少しやつれ気味だったが、浮ついているシャルティアナは気づかない。

「レオナルド様、あの、今日はできるだけ早く帰ってきていただけませんか？　お話ししたいことがあるのです」

「話？　長くないなら今聞くよ？」

「いえ、お帰りになってからでいいのです。お気をつけて。行ってらっしゃいませ」

不安げなレオナルドとは対照的に、シャルティアナはにこにこと嬉しそうに笑っている。

「あ、ああ……いってきます」

シャルティアナは手を振りレオナルドを見送った。

◇

ガガガガガガ、ドカッ！　ギギギギギ、バキッ！

朝から国王と食事をとったブライアンはいつもより遅く執務室に向かっていた。早く執務に取りかからねばならない。そう思っていたのに、執務室を前に顔を引きつらせ、扉を開こうとしていた手を止めた。

なにやらとんでもない音が執務室の中から聞こえてきたからだ。

襲撃か……？

執務室前にいる騎士に視線を送ったが、騎士は困った表情で首を横に振っている。騎士が動かないのなら襲撃ではないと、ブライアンは執務室の扉を開いた。

次の瞬間、ブライアンの目が点になってしまったのは仕方ない。

レオナルドが執務机に座り、ガタガタと激しく身体を震わせていたからだ。そこだけ大地震でも起きたかのように、机の周りには折れたペンが散乱し、書類を入れるカゴも何故か壊れている。震える身体から伝わる振動が机を大きく揺らし、レオナルドは顔から汗を吐き出していた。

もう、嫌……。

おそらく騎士も執務室を覗《のぞ》いたのだろうが、どうすることもできず扉を閉めたのだろう。ブライアンもできることなら扉を閉めて立ち去りたかった。だが、この国の第一王子として、職務はこなさなければならない。

ブライアンはため息をつくと、感情のこもらない声でレオナルドに問うた。

「レオナルド、いったいどうしたのだ？」

レオナルドは虚《うつ》ろな瞳《め》でブライアンを見ると、震える身体をそのままに、足にしがみついてきた。

「でででで、んか！　今すぐ帰っても、よろしいですか！」

「……落ち着け。とりあえずソファーに座れ」

それでも足から離れないレオナルドを、ブライアンはそのまま引きずり、なんとかソファーに座らせた。落ち着くようにとお茶を用意させたが、レオナルドはカップを手に持ちはするものの、一口も飲もうとはしない。しかも、震える身体の振動が伝わり、カタカタカタカタとカップが鳴り続けている。

そんなレオナルドは何を聞いてもまともに答えることができなかった。それでもブライアンは根気よく質問を続け、何とか答えを得ることができた。

「つまり、シャルティアナ夫人に嫌われたかもしれないと……」

「ああぁーっ。言わないでください！」

レオナルドの涙ながらの言葉にブライアンは呆《あき》れるしかなかった。

阿呆《あほう》……どうして嫌われたと思うのか……。

レオナルドと結婚して半年。険悪な夫婦ならまだしも、仲の良い夫婦なら理由は一つしかないだろう。当事者ではないブライアンですら、シャルティアナの話したいことが何か予想できるのに、夫であるレオナルドは全くの見当違いをしている。

だが、これだけレオナルドには振り回されてきたのだ。ここで、答えを教えてやるほどブライアンは優しくなかった。ちょっと仕返しをするくらい許されるだろう。

「……どうだろうな？　情けないお前に愛想が尽きたのかもしれないな。いいだろう。今日は帰っていい」

どうせ使い物にならないのなら、これ以上備品を壊してほしくないというのが、ブライアンの本音だった。

それを聞いたレオナルドは、次の瞬間にはブライアンの前から姿を消していた。

「ふー……祝いの品でも考えておくかな」

ブライアンは苦笑するしかなかった。

王城から帰ってきたレオナルドは一目散にシャルティアナの元へと向かった。アレンがレオナルドに気づき挨拶をしようとするが、レオナルドは走り去っていく。

「おかえりなさいまっ……レオナルド様！　お待ちください！」

アレンの制止も聞かず、走り抜けるレオナルドを、侍女も必死に止めようとする。

「いけません！　今はお医者様が来ておられるのです！」

「医者？　医者だって!?　シャルティアナはどこか悪いのか!?」

話とは病なのか……？　なんてことだ……。

止めようとしたアレンと侍女の言葉は、さらにレオナルドに火をつけ、人払いされていた部屋の扉を開いてしまった。

「シャルティアナ！　どうしたのだ!?」

「レ、レオナルド様。今日はずいぶん早かったのですね。お出迎えできず申し訳ありません」

必死の形相で急に現れたレオナルドに、医者と向き合っていたシャルティアナは驚いた様子だったが、すぐに微笑んでくれた。シャルティアナが笑ったことで、深刻な病ではないかもしれないと、レオナルドは少し落ち着くことができた。

「出迎えなどどうでもいい。それより、何故医者を……それで結果は？　シャルティアナはどんな病なのだ！」

レオナルドは医者に詰め寄り答えを急《せ》かした。しかし、医者はレオナルドに強く揺すられ、上手《うま》く答えることができない。

「あ、あの、ハンデルこうしゃっく様！　おやめ、ください！　お、子、です！　貴方《あなた》様の！」

「お、こ、とはなんだ！　どんな病気なのだ！」

医者が必死に口にした答えはレオナルドに伝わらない。レオナルドは医者の首が吹っ飛んでしまうのではないかというほど、前後に激しく揺すっている。シャルティアナもレオナルドを宥《なだ》めようとするが上手くいかない。

「まったく……レオナルド様！　ハンデル公爵家の当主たる貴方がなんたる醜態！　子、ですよ！　子供！　赤子だ！　……聞いとんのかこのガキがー！」

アレンの怒鳴り声が響き、ゴキンと音がなりそうな拳骨《げんこつ》がレオナルドの頭に落ちた。

「痛っ！　爺！　何をする！」

レオナルドは頭の痛みに、やっと医者を解放した。

「何をする！　つじゃない！　人の話を聞かんか！　貴方の子が、シャルティアナ様の胎に宿ったのですよ！　おめでたです！　レオナルド様は父になるのです！」

「へっ？　……子、ども？　私の子が？　……本当に？」

気の抜けた顔でレオナルドはシャルティアナを見た。

「はい。ここに」

シャルティアナはこくんと頷《うなず》き、嬉しそうにお腹《なか》をさすった。

「っ！　あああー、シャルティアナ！」

「きゃぁっ！」

目を見開いたレオナルドは、シャルティアナを抱きしめた。

「何故私は……どうして気づかなかったのだ……すまない！」

「いえ、私も気づいていなくて……母に指摘されて気がつきましたの。でも、可能性でしかなくて……それで今日はお医者様をお呼びしましたの。問題もないようで、気づくのが遅かったので、半年と少し経てば生まれてくるそうです」

「ああ、なんて幸せな日なのだ……シャルティアナ、愛している」

嬉しさのあまり、人目を憚《はばか》らずシャルティアナに口づけるレオナルドに、アレンもボロボロになった医者も、ため息をつき苦笑するしかなかった。

「ふはははは」

ブライアンは執務室の中から聞こえてくる声に、どうしても扉を開けたくなかった。執務室の前にいる騎士に今日も視線を送るが、目を瞑《つむ》り、首を左右に振られるだけだった。

もう、誰《だれ》かいっそ襲撃でもしてくれ……。

「くっ……」

どうしてもレオナルドに伝えなければならないこともあり、ブライアンは執務室の扉を決死の覚悟で開けた。

「はははは！　ふふふ、あははは！」

レオナルドはお花畑全開だった。リズミカルにステップを踏みながら、執務室を走り回っている。一見遊んでいるように見えるが、書類を片手に、ブライアンの机と資料棚をクルクル回りながら行き来している。仕事はしているらしい。

しかし、いい年をした男の妙な踊りを見て、楽しむ趣味はブライアンにはない。決死の覚悟も崩れ去ってしまう。

「……」

ブライアンはレオナルドに背を向けると、執務室から出ようとした。そこへ、ブライアンに気づいたレオナルドがリズミカルに歩み寄ってきた。

「ブライアン殿下。職務放棄はいけませんよぉ？　さぁ、こちらへ。ふふふ」

ブライアンはどんなにレオナルドが壊れていても、その度に対応してきた。聞きたくないことを聞き、時には答えを示し、度々いなくなるレオナルドの職務をカバーしてきた。もちろん、平常時のレオナルドには助けられていることは間違いないが。

「職務放棄はお前の十八番《おはこ》だろうが！　この阿呆！」

ブライアンの拳骨がレオナルドの頭に落ちた。

「痛っ……くない！　ふふふ。殿下、これくらいの痛みでは今の私には効きませんよぉ」

ブライアンの怒りの鉄拳《てっけん》は、頭がお花畑と化した今のレオナルドにはノーダメージだった。

「くそっ……もう、浮かれたままでいい……その様子だと、やはり子供を授かったのだな」

「おわかりだったのですねぇ。教えてくだされば良かったのに。殿下は意地悪ですねぇ。ふふ、そうなのです！　あぁ、幸せだ……」

幸せオーラ全開のレオナルドに、ブライアンはため息をつき、とりあえず座るよう命じた。

「それはおめでとう。だが、幸せなところ悪いが、あまりよろしくない報せがある。頭を切り替えろ。真面目《まじめ》な話だ」

ブライアンの纏《まと》う空気が変わったことを流石《さすが》のレオナルドでも察し、浮かれた顔からすぐに真剣な顔になった。

「……なんでしょう」

「ビアンカが修道院を出たようだ」

「なっ!?　娼婦《しょうふ》にでもなったのですか？」

「修道院をたまたま訪れた商人が、ビアンカを気に入り連れ去ったそうだ」

「刑に服していた訳ではありませんからね……まさかあのビアンカを気にいる者が**たまたま**現れると

は……」

「そうたまたまだそうだ。しかも、その後の足取りはわからないときた。何事もなければ良いが、十分に気をつけろ」

「承知しました」

執務室は幸せムードから一変し、重苦しい空気が支配していた。

14　誘拐

ビアンカの失踪《しっそう》から半年経《た》ったが、レオナルドとシャルティアナは何事もなく過ごしていた。

レオナルドも杞憂《きゆう》であったならそれでいいと、このまま平和に無事に子供が産まれてくれることを祈っていた。けれど、何かあってからでは遅い。どんな時も、警戒だけは怠らなかった。

心労を与えないよう理由は伏せていたが、なるべくシャルティアナには外出しないように伝えていた。しばらくは悪阻《つわり》もあり、シャルティアナがそれを嫌だと言うこともなかった。

だが、産み月になり、体調も安定しているシャルティアナは、買い物に出かけたいと言い出した。レオナルドは買い物をするなら、商人を呼べばいいとすぐに手配しようとした。だが、シャルティアナは、お腹《なか》の子と自分を案じてくれているのはわかるが、このままでは体力が落ちて、出産に耐えられないと納得しなかった。それでも、レオナルドは首を縦には振らなかった。

そこで、シャルティアナはアルティアに協力してもらい、一緒に街へ出かけることにした。流石《さすが》のレオナルドも、義母であるアルティアには強く出られず、護衛騎士をつけてならと、外出が許されたのだ。

そして二人は、街で有名なベビー用品店に足を運んでいた。王族や高位貴族御用達《ごようたし》の店だ。

「見て！　お母様！　なんて小さな靴下なの……可愛《かわい》いわ。こんなに小さいのね」

「貴女《あなた》もこんなに小さかったのよ。はぁ、もうすぐ孫が産まれるのね。楽しみで仕方がないわ。早く産まれてこないかしら」

「ふふふ。私も早く会いたいわ」

母と娘はこれから産まれてくる新しい命に思いを馳《は》せながら、買い物をとても楽しんでいた。華奢《きゃしゃ》なシャルティアナもいくらか丸くなり、動きの制限される、大きなお腹には知らずストレスが溜《た》まっていたのだ。外出は良い気分転換にもなった。

真っ白な産着《うぶぎ》に、小さな靴下。柔らかなおくるみも用意し、少し早い気がしながらも、持って遊べるおもちゃを購入した。

アルティアはもっと買いたいと言っていたが、性別がわからない以上、後は産まれてきてからの楽しみにとっておくことになった。

そして、ひとしきり買い物を楽しんだ二人は、ハンデル公爵家に帰ろうと馬車に乗り込んだ。その時、異変が起きた。

「……えっ？」

「どうしたの？　シャルティアナ？」

「お母様……お腹がなんだかチクチクするわ……あっ！　少し痛いかも。それにお腹が硬いわ」

「まぁ！　もうすぐ陣痛が始まるのかしら……陣痛が来てすぐに産まれる訳ではないけど、急いで帰りましょう！　医者に診《み》てもらわなければ」

シャルティアナは、違和感くらいに痛む腹をさすりながら、馬車で帰路を急いだ。

だが、こういう時だからこそ、注意深くならねばならない。それなのに、最短距離で帰るため、人通りの少ない路《みち》を選択してしまったことが、凶と出てしまう。

「私が貴女を産んだのは、陣痛かなと思ってから二日後だったの。だから、落ち着いて、大丈夫だからね」

アルティアの言葉は、シャルティアナを落ち着かせようという思いからなのだが、いかんせんそのアルティアが落ち着いていない。そわそわと窓の外を覗《のぞ》いたり、何度も痛みの具合を確かめてくる。

「もう、お母様こそ落ち着いて。大丈夫。まだそんなに痛くないから……っ！　きゃぁ！」

「きゃっ！　なにがっ!?」

突然馬車が停《と》まった。その反動でシャルティアナとアルティアは体勢を崩したが、大事には至らなかった。すぐに二人は体勢を整え、何かあったのかと窓から外を窺《うかが》う。

怒鳴り声が響き、護衛騎士は野盗のような集団と剣を合わせている。野盗なら女が馬車に乗っていることを悟られない方がいいと思い、シャルティアナとアルティアはじっと息を潜め、喧騒《けんそう》が収まるのを待つことにした。

レオナルドが付けてくれた護衛騎士は五人。どれも歴戦の手練れだとシャルティアナは聞いていた。だから大丈夫だと、みんな無事で屋敷に帰れるようにとシャルティアナは祈った。

しかし、その祈りは虚《むな》しく、馬車の扉が突然開き音もなく黒ずくめの男が侵入してきた。外の喧騒は止《や》んでおらず、シャルティアナとアルティアの危機に気づく者はいない。

「この馬車はハンデル公爵家のものです！　今すぐ出ていきなさい！」

アルティアが娘を守るため気丈にも男の前に身を乗り出すが、男はアルティアなど気にせず、シャルティアナだけを見ている。

そして、これまた音もなくシャルティアナに近づくと、重さなど感じないような動作で抱え上げた。

「きゃっ！　は、離して！」

「娘を離しなさい！」

慌てたアルティアは男に飛びかかるが、男が軽く振り払うと馬車の壁まで吹き飛ばされ、そのまま動かなくなってしまった。

「いや！　お母様！　お母様！　ぉっ……」

男が暴れるシャルティアナの口を布で覆うと、薬を嗅《か》がされたシャルティアナも動かなくなってしまった。それはあまりに一瞬の出来事だった。

そして、護衛騎士達がその場を平定した時には、馬車からシャルティアナの姿は消えていた。


シャルティアナが寒さと、身体《からだ》の痛みで目を覚ますと、暗くカビ臭い部屋の床に転がされていた。両手は後ろ手に縛られており、足首にも縄が回されている。口は布で塞《ふさ》がれており、息苦しい。

ここは……。

攫《さら》われてからどれくらいの時間が経ったのかわからず、シャルティアナは窓から外を見ると、日は沈み、もう間もなく月の支配が始まろうとしていた。床に転がされているため、見上げる窓からは空しか確認できず、ここがどこなのかはわからなかった。

シャルティアナは、少しでも寒さからお腹を守ろうと身体を丸めるが、冷たい床の上ではなんの足しにもならない。手足は冷たくかじかんできている。

そして、薬で眠らされたシャルティアナの意識がはっきりしてくると、昼間とは違う痛みをお腹に感じた。まだ苦しいというほどではないが、確実に陣痛は進んでいることがわかる。

「んーっ！　んーっ！」

シャルティアナは助けを求めるため、何とか声を出した。けれど、口を塞がれた状態では大きな声を出すことはできなかった。

その時、ゆっくりと薄暗い部屋に光が差し込み、扉が開いた。

「あら？　目覚めたの？　ふふ、無様ね」

声の主を見て、シャルティアナは驚きに目を見開いた。何故《なぜ》なら、修道院に送られたビアンカが立っていたからだ。しかも、貴族令嬢時代と変わらぬ華美な装いでだ。

「大きなお腹。もうすぐ産まれるのかしら？」

ビアンカは嬉《うれ》しそうに笑う。

「男の子かしら？　女の子かしら？」

顔は笑っているのに、ビアンカは冷え切った目でシャルティアナを見つめながら一歩、また一歩と近づいてくる。そんなビアンカの後ろには何人かの大男がおり、にやにやといやらしい目つきでシャルティアナを見ている。

「ねぇ、何故お前は幸せなの？」

「ねぇ、私は苦しんでいたのに？」

「ねぇ、そんなの不公平よね？」

ついにシャルティアナの目の前までやってきたビアンカは、床に倒れているシャルティアナの頬《ほお》を撫《な》でた。

「本当に綺麗《きれい》な顔ね……憎たらしい」

シャルティアナの頬に、ビアンカの真っ赤に塗られた爪《つめ》が突き立てられた。

「うぅっ！」

目を血走らせ怒りを露《あら》わにしたビアンカは、白く滑らかなシャルティアナの肌に赤く血の滲《にじ》む三本の傷をつけていく。頭は押さえつけられ、身動きのできないシャルティアナに抵抗する術《すべ》はなく、ただ、痛みに耐えることしかできない。

「ふぅ……でも、もういいの。お前はこれからいなくなるのだから。ふふふ、腹の子もレオナルド様のお子だから、きっと美しい子なのでしょうね。可哀想《かわいそう》に。お前のせいで、日の光を浴びることは叶《かな》わないわ」

シャルティアナの顔に傷をつけたことで気持ちが落ち着いたのか、また笑顔を浮かべたビアンカは残酷な言葉を放った。

「死んでね。お前達！　始末しなさい」

後ろを振り返ったビアンカは待機していた大男に命令を下した。ゆっくりと大男達がシャルティアナに近づいてくる。

ない。

「んー！　うー！」

身の危険を強く感じたシャルティアナは、ビアンカに向かって叫んだ。だが、それは言葉にはならない。

「ああ、焦らないで。まずは、その綺麗な身体をたっぷり使わなくてはね。たくさんの男どもを用意したから、死ぬ前に存分に楽しんで。まぁ少し乱暴な人達だから、貴女が死ぬ前に腹の子が死んでしまうかもしれないけど」

再びシャルティアナを見たビアンカは嬉しそうに笑っている。

シャルティアナは何とか逃《のが》れようともがくが、手足の拘束はいくらも緩まない。しかも、身体に力を入れようとすればするほど、お腹の痛みが増してしまう。

「泣き叫ぶ声は聞きたいから、口の拘束を解きなさい」

ビアンカの命令に一人の大男が動き、シャルティアナの口の布を取り払った。

「もうやめて！　こんなことをしても何もならないわ！」

シャルティアナは口が自由になり、ビアンカに向けて言葉を発した。

「はぁ？　何にもならないことはないわ。私の気は晴れるわ！　……私が修道院でどんな暮らしをしていたかわかる？　飲むものは水だけ。食べるものは干からびたような硬いパン。着るものは薄汚れた修道着。身を飾るものなんて一つもない、平民以下の生活……私は誇りあるキースター侯爵家の娘よ！　それがあんな扱いを受けるなんて。それなのにお前は愛《いと》しい人と結婚し、のうのうと幸せを謳《おう》歌《か》している。許せない！　私がこうなったのは全《すべ》てお前のせいだというのに！」

「違うわ！　貴女のお父様が横領をしていたのと、国王陛下を騙《だま》したからよ！」

「お前がいたからだ！　お前さえいなければ……お前達！　どれだけ甚振《いたぶ》ってもいい。死すら生ぬるいほどの屈辱を与えなさい！」

「やっ!?　離して！」

ビアンカの命令で男達は下卑た笑いを浮かべ、シャルティアナに群がってくる。口の拘束を解いた男が、足の拘束も取り払い、シャルティアナを抱え上げると服を引き裂いていく。

「い、いや！　嫌！　離して！」

シャルティアナは涙を流し力いっぱい抵抗するが、大男達の前では全く意味をなさない。抵抗などないかのように易々《やすやす》とシャルティアナの服を剥《は》ぎ取っていく。

「ふふふ、良いわぁ。もっと泣き叫ぶのよ！　あはははは！」

悲痛なシャルティアナの叫びに喜ぶビアンカの声が部屋に響き渡った時、部屋の扉が吹き飛ぶような勢いで開いた。その瞬間そこにいた誰《だれ》もが動きを止めた。

「シャルティアナ――――！」

そこには、剣を持ち、目を血走らせたレオナルドが立っていた。

◇

「なっ!?　レオナルド様!?　……早すぎるわ！」

いる。

シャルティアナは男達に拘束されて少しも動くことができず、顔だけを必死にレオナルドに向けている。

「レオナルド様！」

「シャルティアナから汚い手を離せ！」

激怒したレオナルドの怒声が部屋に響くが、大男達は七人もいる余裕からか、ニタニタ笑っているだけだ。ビアンカもレオナルドの登場には驚いたようだが、焦っている様子はない。

「おかしいわ……シャルティアナが誘拐されたとわかってからすぐに騎士隊が出動したとしても、ここまで来るのは早すぎる……レオナルド様、もしかしてお一人でいらしたの？」

実は、シャルティアナ達が襲撃された時レオナルドはアレンと共に近くにいた。

もちろん、野盗が現れた時すぐに護衛騎士に加勢しようとしたが、『野盗ごときに護衛騎士が負けることはありません。それよりもレオナルド様に万一があっては許されません。どうか、どうか我慢ください』とアレンに縋《すが》るように止められた。

だが、シャルティアナの乗る馬車に黒ずくめの男が入っていくのを見て、いても立ってもいられず、アレンを振り切って急いで馬車へと向かったが間に合わず、黒ずくめの男はシャルティアナを抱えて走り去っていった。そのことに護衛騎士達が気づく様子はなく、レオナルドはそのまま黒ずくめの男を追いかけてきたのだ。

そしてシャルティアナが監禁された場所を突き止めると、アレンには騎士隊に連絡するよう指示し、レオナルドはたった一人でここに乗り込んできたのだった。アレンには決して早まるなと何度も言われたが、シャルティアナの危機にじっとしていることなどできなかった。

「……それがなんだ」

レオナルドは剣を握り直し、すぐにでも攻撃できる体勢をとる。

「あははは！　お一人！　たったお一人でいらして、どうにかなるとでも思ったのですか？　ふふふ、こちらには七人の大男がいるのですよ？　可哀想なシャルティアナ。まさか、愛しい旦那《だんな》様の前で犯されることになるなんて最高ね」

ビアンカは声高に笑った。そしてビアンカの意図を理解した大男達も動きだし、レオナルドを拘束しようと、三人が縄とサーベルのようなものを手に近づいてきた。そのうちの一人、助けに来たどころか人質が増えただけだと笑う男に、レオナルドの剣が振るわれた。

「ぐあぁ！」

大男の一人が叫び声とともに床に沈んだ。油断していたこともあるだろうが、大男は避《よ》けることも、剣を合わせることもできずレオナルドに斬られたのだ。

「なっ⁉」

ビアンカは驚きに目を見開いた。腕の確かな者を雇ったはずが、騎士でもないレオナルドに斬られるとは思いもしなかったのだろう。

そして、残りの大男達も殺気立つ。シャルティアナから手を離し、全員がサーベルを構えレオナルドを見ている。

「いつ襲撃、暗殺されるともわからない第一王子の補佐官が、剣も扱えないほど脆弱《ぜいじゃく》だとでも思っていたのか？　シャルティアナの身体に触れた罪は命で償ってもらう。全員殺してやるから覚悟しろ」

第一王子ことブライアンは、決して鍛錬を欠かさない。どんなに忙しい執務の間でも、必ず剣を振っている。

レオナルドは何度もそれに付き合っており、ブライアンと手合わせすることで、実践的な剣の使い方を学んでいた。それに加え、万が一の時にはブライアンの剣にも盾にもなれるよう、鍛錬を重ねていたのだ。その技量はその辺の騎士に勝るとも劣らない。

「そ、それでもこっちにはまだ六人もいるわ！」

確かにビアンカの言う通り、レオナルドが剣を扱えると言っても、一人の騎士程度だ。大男六人を一度に対処できるほどの力は持っていない。

だが、それを悟られる訳にはいかない。レオナルドは強気に笑ってみせた。

「……もう一人シャルティアナを攫った男がいたな。まとめて始末してやるから出てこい」

まるで攫われる瞬間を目撃したかのようなレオナルドの言葉に、天井から声が降ってきた。

「俺《おれ》は手を出さない。依頼主から金さえ受け取りさえすれば消える。依頼主が殺されれば身ぐるみ剥いで金の代わりにするだけだ」

「なっ！　お前も加勢しなさい！」

ビアンカは天井に向かって命令したが、その男は鼻で笑っただけだった。

「それはまた別の金が発生するが？　誘拐の依頼料に加えてそいつを殺す金をお前のような小娘が払えるのか？」

「こ、小娘ですって⁉　……ふん！　お前達、早く捕らえなさい！」

ビアンカは六人の大男達に命令を下した。狭い部屋では素早く動くことはできないが、男達は一斉にレオナルドに向かってきた。いくらレオナルドでも、これは多勢に無勢だ。

俺の言葉に応えたということは……。

天井にいる男は、ビアンカの報酬に満足していないのではと考えたレオナルドは賭《か》けに出た。

「おいっ！　この女の十倍出す！」

「……いいだろう」

レオナルドの声に返事があった時には、三人の大男の頭にはナイフが深々と突き刺さっていた。レオナルドは賭けに勝ったのだ。

「ぎゃ……ぐ」

「ぐぁっ」

「ごぼぁっ」

耳障りな声と共に、ナイフの刺さった三人は抵抗も苦しむこともなく倒れた。レオナルドの前に音もなく降り立った黒ずくめの男は、かなりの腕前なのだろう。

「この裏切り者！　お前と契約したのは私でしょう！」

黒ずくめの男に向かってビアンカが叫ぶが男は答えない。

「あの女はどうする？」

「殺してやりたいところだが、拘束してくれ」

男はビアンカを無視し、レオナルドと言葉を交わす。そして短い指示のもと男は動き出した。不思議なことに足音一つしない。

シャルティアナを人質にしようとした大男にナイフを投げ、喉《のど》を一突きにすると残りの二人に音もなく近づき、次の瞬間には二人は首から血を噴き出し倒れていた。

レオナルドは剣を放《ほう》り出すとシャルティアナの元へと走った。

誘拐され、大男達に囲まれていたのだ。どれほど恐ろしい思いをしたのだろう。それに、この惨劇だ。精神を病んでしまってもおかしくない。

急いで上着を脱いでシャルティアナの肌を隠すと、両手の拘束を解き抱き起こした。

「シャルティアナ！」

「うぅ、ああ……」

シャルティアナは、瞳《め》を固く閉じ息も荒く、美しい顔を苦痛に歪《ゆが》めている。

「シャルティアナ、どうしたのだ!?」

ワンピースはズタズタに引き裂かれていたが、シャルティアナは下着を身につけていた。犯されてはいないはずで最悪の事態は避けられたと思っていたが、シャルティアナは何も答えない。

「貴様！　シャルティアナに何をした！」

レオナルドは黒ずくめの男に拘束され、床に転がされているビアンカに向かって叫んだ。

ビアンカは男を口汚く罵《ののし》っていたが、レオナルドの声に顔を向けた。

「なぁに？　苦しんでいるの？　良い様ね！　あははは。もっと苦しめばいいのよ！」

ビアンカは嬉しそうに笑っただけで、答えは得られなかった。毒物を飲まされたのか、見えないところに傷を負っているのか、ろうそくの明かりしかない部屋では詳しいことはわからない。

「くそっ、シャルティアナ！　シャルティアナ！」

どんなに名前を呼んでも、シャルティアナは身体を丸めて苦しみ続けている。

その時、馬の駆ける音が聞こえてきた。シャルティアナを救出するための騎士隊が到着したのだ。

「もう大丈夫だ！　騎士隊が来た！　シャルティアナ！」

レオナルドは荒い息を繰り返すシャルティアナの手を握り、声をかけ続けた。

そうしていると、シャルティアナの息がようやく落ち着いてきた。

「シャルティアナ！　大丈夫か⁉」

「レ、レオナルド様、う、まれ……」

「ハンデル公爵様！」

シャルティアナの声をかき消すように騎士達が部屋になだれこんできた。皆、抜き身の剣を手にしている。

「こ、これはいったい！」

しかし、勇んで突撃してきた騎士達は驚きに硬まってしまった。何故なら、既に主犯と見られるビアンカは拘束され、部屋は血みどろの凄惨《せいさん》な状況だったからだ。

そこにアレンが入ってきた。目をこれでもかと見開き、肩で息をしている。

「あ、あれだけ、早まるなと言ったのに！　レ、レオナルド様！　奥様を！　奥様を早く！」

「そうだ！　爺、シャルティアナが苦しんでいる！　いったい何が原因か……」

「こ、子供が産まれるのだ！　早く医者に連れていかんか！　苦しんでおられるのは陣痛だ！　攫われた時には始まっていたのだ！」

シャルティアナは、また痛みの波が来たのか、身体を丸め手を強く握り、浅い呼吸を繰り返し唸《うな》っている。

レオナルドがアレンの言葉に驚き硬まったのは一瞬で、すぐに己を取り戻すと、シャルティアナを抱え走り出した。とにかく一刻も早く医者に診せなくてはならない。

「おい！　私はハンデル公爵家当主のレオナルドだ！　報酬は取りに来い！　わかったな！」

それだけ叫ぶとレオナルドは闇夜《やみよ》に飛び出し、急いでハンデル公爵家へと向かった。

「ほ、報酬とはいったい……」

騎士隊はあまりの出来事に呆気《あっけ》にとられることしかできなかった。

シャルティアナが監禁されていた場所から公爵家までは半刻ほどで着くことができた。半刻と言ってもシャルティアナにとっては、痛みと不安と恐怖で地獄のような時間だっただろう。

レオナルドは陣痛に苦しむシャルティアナに、励ましの言葉をかけ手を握り、少しでも痛みが和《やわ》らぐようにと、腰をさすり続けた。

そして、シャルティアナが新しい命を産み落としたのは、夜が明け太陽が高く昇ってからだった。

15　天使誕生

「ほぎゃ――ほぎゃ――」

誘拐されてから日が高く昇るまで、産みの苦しみに耐えたシャルティアナは、それは可愛《かわい》らしい女の子を産んだ。引いては襲ってくる凄《すさ》まじい痛みに耐え続けた身体は、全身の筋肉が悲鳴を上げており、僅《わず》かに動くだけでも辛《つら》かった。

だが、シャルティアナは力を振り絞り、愛《いと》しい我が子を腕に抱いた。そして、そのあまりの愛おしさに、痛みや疲れなど吹き飛んでしまった。

「何て小さい……でも、とても大きくて重たいわ。初めまして、貴女《あなた》のお母様よ」

娘を腕に抱き、喜びの涙を流すシャルティアナの矛盾する言葉に、その場にいた子供を持つ者は深く頷《うなず》いた。

生まれたばかりの小さな身体は、強く握れば潰《つぶ》れてしまいそうなほど弱々しい。だが、その命はしっかりと力強く鼓動し重かったのだ。

「とても可愛い女の子ですね。皆さまこの子が生まれてくるのを今か今かとお待ちでしたよ。そろそろご入室いただいてよろしいでしょうか」

子供を取り上げてくれた年配の産婆が、産後の始末をすると話しかけてきた。

「皆……？　はっ！　お母様は？　お母様は無事なの!?」

誘拐に陣痛にと、それどころではなかったシャルティアナは落ち着きを取り戻すと、黒ずくめの男に吹き飛ばされて動かなくなったアルティアを思い出し慌てた。

「大丈夫ですよ。アルティア様は、幸い軽度の脳震盪《のうしんとう》でしたので、もうすっかり回復され、お孫様の誕生を心待ちにしておいでです。バルトス様も昨晩にはこちらにいらしておられたので、もう皆さま痺《しび》れを切らしておられますわ。もちろんレオナルド様も」

「良かった……」

侍女の言葉にシャルティアナは安堵《あんど》のため息をついた。

「では、ご入室いただきますね」

侍女が部屋の扉を開けようとすると、その扉が開ききる前に、もう我慢できないとばかりにレオナルドが入ってきた。

「シャルティアナ！　シャルティアナ！　無事か！　大丈夫なのか!?　痛みは？　身体は？　子どもは!?」

あまりの慌てぶりにシャルティアナは笑ってしまった。

「ふふふ。レオナルド様。私は大丈夫ですわ。産まれてしまえば痛みはありませんし、我が子のあまりの可愛さに疲れも全部吹き飛びました。お腹《なか》の子は娘でしたわ」

「娘……ああ、娘」

「まったく……父親なのだからもっとしっかりしないとなぁ」

レオナルドに続いて入ってきたバルトスは、レオナルドの様子に渋い顔をしている。しかし、それはアルティアによってぴしゃりと言い返された。

「私がシャルティアナを産んだ時は、『私のアルティアが死んでしまうー』と騒いでいたのはどこの誰《だれ》だったかしらね」

「あ、いや……アルティア、こんなところで言わなくても」

「お父様！　お母様！」

「シャルティアナ！　とても心配したわ……でも、よく頑張ったわね。大変な一日だったのに、貴女も子供も無事で良かったわ。まぁ！　なんて可愛い子なのでしょう」

「本当に。誘拐された時はどれほど心配したことか……あああ、本当になんて可愛いんだ」

皆、シャルティアナの腕の中でスヤスヤと眠る赤子を見ていた。アルティアとバルトスはデレデレとした締まりのない顔で孫娘を見つめており、レオナルドは嬉《うれ》しいような困ったような表情で硬まり、口をパクパクさせていた。

「あ、あの？　レオナルド様？　この子を抱いてもらえませんか？」

シャルティアナの言葉にレオナルドは覗《のぞ》き込むような姿勢から、弾《はじ》かれたように直立不動《ちょくりつふどう》となった。

だが、手だけは娘を抱こうとしているのか、シャルティアナの方へと伸ばされている。

「ふふふ。そんな緊張されなくても」

「わ、私が抱くと潰れてしまいそうで……」

そう言って手を引っ込めては伸ばしを繰り返している。

レオナルドがあまりにもオドオドして、なかなか子供を受け取らないため、アルティアとバルトスは痺れを切らした。父であるレオナルドが娘を抱き上げてくれないと、次に順番が回ってこないからだ。

「んもう！　もっと柔らかく！　レオナルド様！　シャルティアナの隣におかけになって。そう。ゆっくり優しく……」

アルティアの補助もあって、ようやくレオナルドは娘を腕に抱いた。真っ白い毛布に包まれた新しい命は、ありえないほど柔らかく、そして小さかった。

「ああ、可愛い……何て可愛い……髪は赤茶色だから私に似たのかな？　初めまして、君はレティリアだ。レティ。お父様だよ」

「レティリア……レティリア。とてもいい名前だわ！　レティ。私達のところに産まれてきてくれてありがとう」

シャルティアナとレオナルドが娘に二人で呼びかけると、それに呼応するかのように、レティリアが目を開けた。初めて感じる光が眩《まぶ》しいのか、パチパチと閉じたり開いたりする目は、シャルティアナにそっくりな大きなブルーの瞳《ひとみ》だった。

「シャルティアナ……やはり君は女神だったのか……こんな可愛い、天使を産んでくれるなんて！」

「まぁ！　女神だなんて……でも、我が子ながら天使のような可愛さだわ」

「シャルティアナが産まれた時とそっくりだわ。絶対綺麗《きれい》になるわ。瞳と同じ色の宝石で髪飾りを作りましょう！」

「ああ、自慢の美しい孫娘になるな。ドレスはいくらでも用意しよう」

既に親バカどころか、祖父母バカが発生していたが、誰もが納得するほどレティリアは愛くるしく可愛かった。

ハンデル公爵領内に隠居したレオナルドの父と母は、子供が産まれたという報せを受けて、現在こちらに向かっているという。確実にその二人も祖父母バカに加わるだろう。

◇

ブライアンは、執務室の扉の前で耳を澄ませた。

とりあえず異常な音は聞こえないな……。

シャルティアナが誘拐され、その対応や子供が産まれたことから、五日間、レオナルドには休暇が与えられていた。今日はレオナルドの休暇が明ける日である。

幸せオーラ全開の浮かれまくったレオナルドなのか、娘愛おしさにドロドロに溶けきったレオナルドなのか、喜びに狂ったレオナルドなのか。はたまた通常通りのレオナルドなのか。

ブライアンは執務室の扉を開けることが、ここ最近憂鬱《ゆううつ》でしかなかった。もちろん、平常時のレオナルドの方が当たり前なのだが、シャルティアナが絡むとなんとも扱いにくい男になるのだ。それに、今後は娘のことも関わってくるのだろう。

そのレオナルドが異常なほど愛しているシャルティアナは、ビアンカを主犯とする者に誘拐されたが、無事に子供を産むことができた。誘拐に怒っているのか、子供の誕生を喜んでいるのか、どちらの気持ちが強いかなど、ブライアンには予想もつかなかった。

よし！　行くか……。

ブライアンは、どんなレオナルドだろうが、必ず御してみせるという決意を持って、執務室の扉を開いた。が……。

「……。レオナル、ド？」

執務室は静まり返り、まさかと思って見た机の下にも、どこにもレオナルドはいなかった。用事で出ているのだろうか。いや、人が来た形跡すらなかった。

いつものレオナルドならばとっくに執務を始めている時間であるが、少し遅れているのかもしれない。

そう思いブライアンは自分の執務に取りかかった。レオナルドがいない間に溜《た》まりに溜まった書類があるのだ。今は少しでも時間が惜しい。ブライアンはレオナルドが早く現れてくれることを願いながら、懸命に書類を捌《さば》いていた。

だが、昼前の休憩を挟む時間になってもレオナルドは現れなかった。

おかしい……。

ハンデル公爵家に使いを送ろうかと考えていた時、一人の文官が現れた。ブライアン殿下にお渡ししてほしいと手紙を預かったとのことだ。差出人を見れば、レオナルド・ハンデルと書かれ、それを証する蝋封《ろうふう》がされている。

何かあったのか……!?

ブライアンは急いで手紙の封を切ると、内容を確認した。

『ブライアン殿下。この度は私の元に、女神が天使を遣わされました。私は天使を歓待する必要があるため、ハンデル公爵家を離れることができません。よって、ここに職務を辞することをお伝えいたします』

ようは、天使のような我が子を可愛がりたいから、仕事辞めます。ということだ。

ブライアンは怒りのあまり、手紙を持つ手を震わせた。

「あのど阿呆《あほう》が！　……おい！　ハンデル公爵家に使いを……いや！　騎士を送れ！　抵抗されても私の命令だとして、無理やり縛ってでもレオナルドを連れてこい！　一刻も早くだ！」

ブライアンは廊下で待機する騎士にそう命じると、痛むこめかみを押さえた。そして、王子らしからぬ気の抜けた表情で、ブライアンはドサっとソファーに身体を投げ出した。

「もう、俺《おれ》も王子辞めたい……」

ブライアンの切なる呟《つぶや》きは、誰にも拾われることはなかった。

◇

レティリアが生まれて五日目。アルティアとバルトス、そしてレオナルドの両親は、孫をこれでもかというほど愛《め》で、そろそろ自邸へと帰ろうとしていた。

そこへ、レオナルドがバルトスを私室に呼び出した。何について呼び出されたかは、おおよそわかっているのだろう。好々爺《こうこうや》の顔から厳しい顔つきになったバルトスは、レオナルドとソファーに向かい合って座った。レオナルドも硬い表情をしている。

「今回の事件については、騎士隊から警備隊に引き継がれました。残念ですが、主犯が捕まっていますから、これ以上の調査はされないでしょう」

レオナルドの言葉にバルトスは顔を歪《ゆが》めた。

「それで、ビアンカについてはどうなるのでしょうか？　私の可愛いシャルティアナを誘拐し、未遂に終わったとはいえ、辱《はずかし》めた後に殺そうとしたなど……もう少し遅れていれば、大事な娘も孫も失うところでしたから、私達は厳罰を望んでいます」

「そうですね。シャルティアナは既にハンデル公爵夫人という立場にいます。高位貴族であるシャルティアナを狙《ねら》った犯行ですから、ビアンカに慈悲はないでしょう。しかも、キースター侯爵家としての罪を入れれば二度目となりますので、処刑、もしくは良くて生涯《しょうがい》幽閉でしょう」

「それを聞いて安心しました」

レオナルドの答えを聞き、バルトスは表情を緩ませ納得したと頷いた。だが、レオナルドの表情は硬いままだ。

「ただ、私兵で調査をしているのですが、たまたまビアンカを気に入って、修道院から連れ出した商人がなかなか見つかりません」

「……確実にクレイモン男爵家がハンデル公爵家を通して、権力を持つことを阻止したい貴族が関わっているのでしょうな。私達は権力など微塵《みじん》も望んでいないのに。相手が商人なら私も力になれるはず。ただね、私はそういう馬鹿《ばか》な商人をしつける力を持ってはいないのですよ」

「確かに商人のこととなれば、お義父様のつてを使うことは有用です。そこで、お義父様に相談があります。……おい。降りてこい」

レオナルドは急に声音を落とすと、天井に向かって話しかけた。

「……」

なんとも軽やかな身のこなしで、音もなく黒ずくめの男がレオナルドの後ろに降り立った。

「これが約束の金だ」

事件の後、黒ずくめの男から請求された金額をレオナルドは用意し、金貨の入った袋を机の上に置いた。かなりの量が入っているようで、ガチャガチャと金貨のこすれる音がした。

黒ずくめの男は前に出て、無言で袋を手に持ち中身を確認すると、契約は終わったとばかりにレオナルドに背を向けた。

「おい、待て。お前を継続して雇いたい。金さえ払えば裏切らないのだろう？」

「……公爵様は余分な金が多いようだな。ふん、金さえ払うならな。だが、それ以上払う者が現れれば俺はそっちを選ぶ。この前と同じだ」

「と、いう訳です。お義父様。どうでしょう」

それまで成り行きを見守っていたバルトスは、レオナルドの問いに口を開いた。

「……愛するアルティアを気絶させ、大事なシャルティアナを誘拐した男を私に？」

事件の全貌《ぜんぼう》を知るバルトスは、この黒ずくめの男がビアンカに雇われてシャルティアナを誘拐した男だとすぐにわかった。

「確かに、ビアンカに雇われてシャルティアナを誘拐しました。けれど、ビアンカの十倍払うと言った私に雇われてシャルティアナを救いました。六人の大男を瞬殺したのです。金さえ払えば命令に従いますので、お義父様の言うしつけにぴったりではないでしょうか?」

「……そうですね。個人的には許せないが、こういう者が必要なことも理解しています。私もそれなりに人間の黒い部分を見て、生きてきましたからね。それに、腕が確かなら今後は娘と孫の身の安全も確保したいと」

「……おい。公爵ならともかく、男爵ごときが俺を継続して雇えるとでも? あいにく男爵程度が払う安い報酬で俺は動かない」

黒ずくめの男がバルトスを見て鼻で笑った。

「金さえ払えば良いのだろう。依頼ごとではなく、月に一度、今の報酬の十倍払ってやる。それで足りるだろう。もし、さらに上積みするような奴《やつ》が出てくるなら、こっちはその倍の額を払ってやる。どこよりも、依頼金が高ければ裏切らないなら問題ない」

バルトスの言葉を黒ずくめの男はまだ信用できないようだ。

「信じた方がいい。この人は娘のためなら他国の山でも買ってしまう。おそらく、いや、確実に公爵家よりも潤沢な資産を持っている」

「……金は?」

「明日にでもクレイモン男爵家に取りに来い。前金で支払ってやる」

「いいだろう。ドムだ」

男がドムと名乗りバルトスの後ろに立った。契約成立ということだ。

「ビアンカを修道院から連れ出した商人を探し出し、しつけてくれ。レオナルド様にお渡ししようと思っていたのだが、これが、クレイモン男爵家派閥に従わない商人のリストだ。それが終わり次第、我が娘シャルティアナと孫のレティリアの警護をするように。もちろん、お前の存在がバレるようなへまはするな」

「……承知した」

バルトスの命令を聞いた黒ずくめの男は、瞬時に姿を消した。これなら、商人のしつけはすぐにでも終わるだろう。

「これで、早々にカタがつくでしょう」

レオナルドとバルトスは表情を緩ませた。

「ふふ。しかし、レオナルド様も無茶をしましたね。シャルティアナを助けるためとはいえ、単身で乗り込むとは……しかし、騎士隊よりも早く駆けつけるなど、いったいどうされたのですか？」

「……いや、まぁ、その……」

レオナルドは言葉に詰まった。まさかあの日、外出を許可したものの心配でたまらず、シャルティアナとアルティアの後を、アレンと共につけていたとは言えなかったからだ。

妻を尾行していたからすぐに駆け付けられたのだが、どれほど狭量なのかと情けなくて答えることなどできなかった。

「ははは。たまたまですよ。愛のなせる技ですね」

「……たまたまね。まぁ、けれど、レオナルド様のおかげで、娘も孫も失わずに済みました。ありがとうございました」

何となく察したバルトスは顔を引きつらせたが、それ以上突っ込むことはしなかった。

「夫として、父親として当たり前のことをしたまでです。では、お義父様、ありがとうございました」

「いやいや、こちらこそ。長居して申し訳ありませんでした。娘と孫を頼みます」

バルトスとレオナルドは立ち上がり、握手を交わした。笑って終わり……そう思った時、レオナルドの私室の扉がノックもなしに開いた。驚きに扉の方を向くと、王族直属を示す、赤い鎧《よろい》を纏《まと》った騎士が十人ほど入ってきた。

「レオナルド・ハンデル公爵。今すぐ王城まで来てください。ブライアン殿下がお呼びです」

「ブライアン殿下にはすでに手紙でお伝えしたが……おいっ！　離しなさい！」

騎士が抵抗するレオナルドの腕を掴《つか》み、引きずるようにして部屋から連れ出そうとする。

「私は行かない！　こらっ！　離すんだ！」

「殿下からは、縄で縛ってでもお連れするように命令されています。ですが、できれば私どもは、貴方《あなた》に縄をかけたくはないのです。どうか大人《おとな》しく来てください」

「行かぬ！　私は私の天使と離れない！」

レオナルドは、騎士が力ずくで連行しようとするも、ソファーを掴み、机を掴み、扉を掴み、抵抗を続ける。

そんな様子を見かねたバルトスは、レオナルドの弱みをついた。

「あー……レオナルド様、シャルティアナは職務を途中で放棄するような男は好かないと思いますが」

「はっ!? ……さぁ、行こう！　グズグズするな！　私はどこにでも行くぞ！」

バルトスの言葉を聞いたレオナルドは、掴んでいた扉を離し、騎士が呆気《あっけ》にとられる中、自ら先頭に立って王城へと向かっていった。


「ブライアン殿下！」

執務室をノックした後、勢いよく入室したレオナルドは、ブライアンに深々と頭を下げた。開いたままの扉の向こうでは、後を追ってきた騎士達がどうしたら良いのかと困惑している。

「この度は手紙などで急に職を辞することを伝えてしまい、申し訳ありませんでした！」

ブライアンは驚きながらも、レオナルドの真摯《しんし》な態度と言葉に安堵のため息をついた。

やっと目を覚ましてくれたか……。

ブライアンは、もう騎士達の手を煩《わずら》わせることはないと判断し、目だけで下がるよう指示した。敬礼をした騎士達が去り、廊下にいた護衛騎士がそっと扉を閉じてくれた。

「よい……顔を上げろ。お前が職務に戻ってきてくれたならそれで良いのだ。ではこの五日間の……」

「お許しいただき、ありがとうございます！　つきましては、殿下に職務の引き継ぎをお願いしたく思いますが、よろしいでしょうか？」

「へ？」

レオナルドはブライアンの言葉を遮り勢いよく頭を上げると、ニコニコと笑いながら書類整理を始めた。

「これは、この期日までですね。これは後任が見つかってから渡してもらえれば……補佐官の印はこちらに」

呆気にとられるブライアンを残し、レオナルドはどんどんと書類の仕分けを行っていく。ブライアンは幻聴、及び幻覚でも見ているのかと何度も目をこすり、現実だとわかるとワナワナと震えた。騎士を下がらせなければ良かったと後悔もした。

「レオナルド、お前……よもや、まだ職を辞するつもりではないだろうな」

「何をおっしゃっているのですか！　当たり前じゃないですか！　もちろん辞めます！　しかしながら、引き継ぎもせずに辞するような無責任なことを、愛する妻や子供に見せる訳にはいきませんので、こうして馳《は》せ参じました」

「こんのっ、大馬鹿者がっ！」

ブライアンはレオナルドの頬《ほお》に強烈な一撃を叩《たた》き込んだ。レオナルドの身体はその衝撃に耐えられずごろごろと床を転がる。

「で、殿下……」

「何故《なぜ》私が騎士を使ってまでお前を呼び戻したかわからんのか！　お前が職務を放棄したらどうなる!?　お前は……お前はわかっているのか！」

ブライアンが倒れるレオナルドに鬼も恐れるような形相で近づいていく。

「そ、それは私の後任が決まっていないからで……」

「引き継ぎのために呼び戻したのではない！　お前だから進めてこれた治水や飢饉《ききん》の対策があるだろう！　皆がお前を信頼していたからこそだ！　後任の者で務まるものか！　辞めることは許さぬ！」

「し、しかし私は……」

「お前は……このままでは、治水が上手《うま》くいかず、大規模な干ばつで飢饉にみまわれ、疫病が流行《はや》り大勢の民が命を落とす。それが愛するシャルティアナや娘の未来に影響しないとでも思っているのか！」

「シャルティアナとレティリアの……未来？」

「今すぐそうならずとも、未来はわからぬ。お前が私の隣にいれば防げたかもしれぬのにな。もう良い……残念だ」

ブライアンは二回首を横に振ると、レオナルドに背を向け執務机へと戻ろうとした。

「そ、それは！」

レオナルドの声にブライアンは振り返り、新緑の瞳を睨《にら》みつけた。

「お前は今、娘を可愛がることができればそれで良いのだろう？　美しく成長した娘が生きる未来など、どうでもよいのだろう！」

「そ、そんなことは！　……殿下！　申し訳ございませんでした！　このレオナルド、死力を尽くして職務を遂行いたします！　必ずやレティの未来を守りますぞー！　こうしてはいられません！　早く早く、事業を進めなくては！」

シャルティアナとレティリアを引き合いに出したブライアンの説得は上手くいったようで、レオナルドをやる気いっぱいで職務に戻らせることができた。

やっと一息ついたブライアンは、肩から力を抜くと書類が山と積まれる執務机へと戻った。レオナルドも自分の机に戻り、五日間の休暇で、溜まりに溜まっていた書類を片付けている。それも、書類が飛び交うような猛スピードで。

これで元通り……。

レオナルドが能力を最大限に発揮してくれれば、あっという間に全《すべ》て片付くだろう。それほど、レオナルドは優秀なのだ。代わりがきかないくらいに。

ブライアンは安心して一枚の書類に目を落とした。と、次の瞬間。

「殿下！　貯水についてこれはいかがでしょう!?」

ブライアンの目の前に置かれた紙には貯水のための水路の設計や、疫病を防ぐために下水の処理方法が記されていた。

「こ、これは！」

「これなら大規模な干ばつにも十分な水を確保できます。そして下水の処理はこのようにすれば、今より清潔な環境にできます！　ああ、次は飢饉の対策で保存のできる食料の増産を考えなければ！

干ばつに強い作物の品種改良も必要ですね！　すぐに研究者を手配しなければ」

ブライアンは開いた口が塞《ふさ》がらなかった。何故ならレオナルドの設計した水路や下水の処理方法は完璧《かんぺき》で、今まで悩まされていたことが嘘《うそ》のように解決できているからだ。

「おまっ……これはいつから考えていたのだ!?」

「今ですよ！　おおおおー！　愛する妻と娘の未来を守らなければー！」

レオナルドは当たり前のように、これから何年もかけて試行錯誤《しこうさくご》しながら施行していくはずの案件に手をつけている。

「いや、レオナルド……これは完璧ですぐにでも議会で承認させたいのだが、まずは日常業務をだな……おい、聞いておらぬな」

「おおおお――――！」

「……私も愛する民のため頑張るさ。そうさ、民のためにな……」

それからしばらくの間、王城にはレオナルドの雄叫《おたけ》びが響いていた。

16　未来へ

「レオナルド様、お帰りなさいませ」

寝かしつけるため、腕にレティリアを抱いていたシャルティアナは、ベッドの上でレオナルドを出迎えた。産まれて二ヶ月経《た》ったレティリアは順調に大きくなり、プクプクと肉付きも良くなってきている。

「ああ、シャルティアナ……今帰ったよ。今日は少し頑張りすぎてしまった」

疲れた顔で帰ってきたレオナルドは、レティリアごとシャルティアナを抱きしめた。

「お疲れ様でございました。レティ、お父様のお帰りですよ」

「ああ……可愛《かわい》い。本当に可愛い。疲れも吹き飛ぶ。娘がこんなに可愛いなんて。シャルティアナ、改めてレティリアを産んでくれてありがとう」

レオナルドはシャルティアナの頬《ほお》に口づけた。

「レオナルド様が守ってくださったからですわ。クレイモン男爵家が無実の罪で裁かれそうになった時もそうでしたが、誘拐された時もレオナルド様が来てくれただけで、もう大丈夫だと安心することができました。それに、剣を握るレオナルド様はとても格好良かったですわ」

「殿下の鍛錬に付き合っていて、本当に良かったよ。それに、私は求婚する時にシャルティアナを守ると誓ったからね。今度はレティリアにもそれを誓うよ」

ている。

シャルティアナはすやすやと寝息を立てるレティリアに優しく話しかけた。その顔には慈愛が満ちている。

「ふふ、ありがとうございます。良かったわね、レティ」

「……シャルティアナはレティを産んで、ますます綺麗《きれい》になった。眩《まぶ》しくて目が痛いくらいだ」

「まぁ！　目に入れても痛くないのではなくて、レオナルド様にとって私は痛いのですね」

「え、いや！　そういう訳では！」

「ふふ、冗談ですわ。レティを乳母《うば》に預けてきますので、レオナルド様も湯浴みをして疲れを癒《いや》してきてください」

「わかった。おやすみ、レティ」

レオナルドはレティリアの額に口づけると、幸せな気持ちで湯殿へと向かった。

レオナルドが湯殿から戻ってくると、シャルティアナはベッドにいなかった。高位貴族になればなるほど、乳母をつけ、子育ては乳母が中心となって行うものなのだが、男爵家生まれのシャルティアナは違った。乳母もおらず、アルティア自身の手で育てられたのだ。

そのため、レティリアが産まれてからハンデル公爵家として乳母を雇いはしたものの、シャルティアナはできるだけ自分でレティリアの世話をしていた。眠るギリギリまでレティリアを腕に抱き、乳母に教えてもらいながら、オムツの交換や沐浴《もくよく》、着替えなども毎日行なっていた。

そんな一生懸命なシャルティアナを見て、レオナルドもできる限り手伝いをしながら、微笑《ほほえ》ましくも寂しい気持ちで見守っていた。

娘のレティリアは一日中見つめていても飽きることがないほど可愛い。泣いても笑っても、コロコロと変わる表情を見ているだけで幸せだった。そんなレティリアを母として優しく見つめるシャルティアナは、光り輝いているように美しく愛《いと》しい。ただ、レオナルドは夫婦の時間が減っていることについて、少し寂しさを感じていたのだ。

愛する妻も娘もいる……それだけでいいではないか……。

己のワガママを呑《の》み込むと、レオナルドはベッドに潜り込んだ。

シャルティアナはいつ戻ってくるかわからない。真夜中や、明け方にベッドに戻ってくることだってよくあったのだ。

そして、自分の他《ほか》に温《ぬく》もりのないベッドで、寂しく眠りにつこうとした時、寝室の扉が開いた。

ギシリとベッドが軋《きし》み、柔らかな身体《からだ》がレオナルドの隣に滑り込んできた。

「もう、眠られました？」

もし眠っていたら起こしてはいけないと、シャルティアナの小さく問う声に、レオナルドへの配慮が窺《うかが》える。

「大丈夫。眠っていないよ」

レオナルドはシャルティアナの方へと寝返りを打ち、その柔らかな身体を抱きしめた。

「乳母に預けようとした時にレティが起きてしまって、ちょっとぐずってしまったのです」

「母親と離れるのが寂しかったのだろう。それにしてはいつもより早かったね。すぐに眠ったのかい？」

「そのまま乳母に預けてしまいました。泣いたままだったのですけど、その、わ、私も寂しくて……」

レオナルドの背に、シャルティアナの細い腕が回され、強く抱きしめ返された。

「シャルティアナ？」

「あの、その、私もう……身体も大丈夫っ!?　ひゃぁ！」

シャルティアナが言い切るよりも先に、レオナルドは動いた。

夜着の中に手を入れ、シャルティアナの滑らかな肌を撫《な》でる。

「私も少し寂しいと思っていたよ。……違うな。君と過ごす時間が減って、とても寂しかった。シャルティアナ、本当に身体は大丈夫なのかい？」

言葉と新緑の視線はシャルティアナを心配しているが、レオナルドの手は止まらない。夜着の紐《ひも》をスルスルとほどいていく。

「あ、だいじょ、ぶ、んっです……んぁ」

シャルティアナの答えを聞いたレオナルドは、言質《げんち》を取ったとばかりにニコニコとした表情に変わり、手も遠慮なく柔らかな身体を弄《いじ》る。

出産したばかりのシャルティアナの身体を慮《おもんぱか》っていたレオナルドは、レティリアが産まれてから初めて、欲情を持ってシャルティアナに触れた。

「シャルティアナ。ああ、可愛い、私のシャルティアナ……」

「ん、は、い。レオナ、ルド様……」

レオナルドは紅など塗らなくても、赤く柔らかい唇を食《は》み、白粉《おしろい》などなくても白く滑らかな肌を堪《たん》能《のう》する。着飾らなくても、美しい肢体は子供を産んでも変わらない。いや、変わらないどころか、以前よりもっと美しくなったように、レオナルドは感じていた。

子供を産んだことで、少し膨らみの増したシャルティアナの胸はレオナルドの手の中で形を変え、赤い果実を実らせる。

「ああ、真っ赤な実が美味《おい》しそうだ……」

レオナルドは赤い小さな果実を口に含んだ。舌で優しく舐《な》め、唇でくにくにと刺激し、ちゅうっと吸い上げる。

「んんん、あ、レ、オナルド、さま。レティ、みたい、やぁっ」

「ははっ。レティは、こんなことしないよ」

レオナルドはシャルティアナの下肢へと手を伸ばした。そこは既に潤っており、これからの期待に溢《あふ》れていた。レオナルドはゆっくりと蜜《みつ》が溢れ出す場所へと指を沈めていく。

「あ、あたり、まえです。あ……ふ、あぁっ」

「シャルティアナ、痛くないかい？」

「ふぁ……やぁ、い、痛く、ないです。んぁっ」

ぐちゅぐちゅとそこが音を立て始めた時には、レオナルドの指は二本に増やされていた。

「それじゃぁ、気持ちいい？」

「んんぁっ、そんな、ふぅっ、言えま、せん。ああっ！」

言えないということは、気持ちいいということだ。シャルティアナの答えに満足したのか、レオナルドは笑みを浮かべ、ぷっくりと主張しだした花芯《かしん》を指で弾《はじ》いた。痺《しび》れるような快感が走り、シャルティアナは背を反らす。背を反らしたことで白い喉元《のど》がレオナルドの前へと差し出されるようになり、レオナルドはそれに優しく噛《か》み付いた。舌を這《は》わせ、強く吸い付く。白いシャルティアナの肌に、赤い薔薇《ばら》がくっきりと咲いた。

「やぁあっ、……ひゃぁっ」

そしてレオナルドは、シャルティアナの足を大きく割り開き、こんこんと蜜の湧《わ》き出る泉へと舌を這わせた。静かな夫婦の寝室で、ぴちゃぴちゃという水音と二人の荒い息遣いが響く。他に物音がしない部屋では卑猥《ひわい》な音がより大きく聞こえ、シャルティアナの羞恥《しゅうち》を煽《あお》っていく。

「あ、あっ、レオナルド、さ、まって……やぁ、だめ」

花芯をレオナルドに吸われ、二本の指を掻《か》き出すように動かされると、シャルティアナはもう我慢することができなかった。

「いやぁあああっ！」

シャルティアナは達したことでビクビクと身体を強張《こわば》らせた。そして、その快感も冷《さ》めやらぬまま、まだ身体を痙攣《けいれん》させているシャルティアナへと、レオナルドの剛直は突き入れられた。達した快感から降りる前に、剛直を突き立てられたシャルティアナは、ハクハク浅い息を繰り返し、なんとか快感をやり過ごそうとする。

しかし、レオナルドの欲望は、シャルティアナが落ち着くのを待ってはくれなかった。

「あっ、やぁ……んんぁ、ひぃっぁ」

もう、レオナルドにも余裕がないのか、ガツガツとシャルティアナの最奥を容赦なく穿《うが》ち始めたのだ。二人の腰が打ち付けられ、乾いた音が部屋に響いていく。

逃げることもできず、溜《た》まるばかりの快感に、シャルティアナは呼吸すら上手《うま》くできなくなっていた。

「ひっ、ああ！　んんっふぁ、ん」

過ぎる快感に、喘《あえ》ぎ声を抑えることもできず、もがくシャルティアナの足は空を切る。

そして、レオナルドはこれ以上奥に進むことは一ミリもできないところまで、シャルティアナへ剛直を突き立てると、己の熱い飛沫《しぶき》を全《すべ》て注ぎ込んだ。

「あぁっ！　んっ……」

レオナルドは荒くなった息を落ち着けると、シャルティアナの額に口づけながら己を引き抜いた。

その僅《わず》かな刺激にさえ、シャルティアナは震えてしまう。

そして、レオナルドが出ていったことで、シャルティアナの蜜壺《つぼ》からはコポコポと愛し合った証《あかし》が流れ出し、シーツを汚していった。

「ああ、汚してしまったね……湯浴み、しようか」

「えっ？　きゃっ!?」

レオナルドはシャルティアナを抱き上げると、危なげない足取りで湯殿へと向かう。シャルティアナは慌てて、レオナルドの首にしがみついた。

「あ、あの……」

「ん？　なんだい？」

レオナルドは涼しい顔をして笑っているが、抱き上げられているシャルティアナのお尻《しり》には、まだ熱を失っていないレオナルド自身が当たっていたのだ。

「今日だけは、私だけのシャルティアナを愛させてほしい」

母であるシャルティアナももちろん愛おしいが、今夜だけは、レオナルドだけのシャルティアナに戻ってほしいと言ったのだ。愛しい夫との愛の行為を拒否する理由など、シャルティアナにはなかった。

「はい。レオナルド様……ん」

二人は口づけを交わしながら、思う存分愛し合うため、湯殿へと消えていった。

次の日、スッキリとした満面の笑みで王城へと向かったレオナルドとは対照的に、シャルティアナはお昼が過ぎる頃《ころ》までぐったりとベッドから起き上がることができなかった。

そして、欲求が満たされたレオナルドの頭は冴《さ》えに冴え、難しい案件の解決策を次々と出し、ブライアンを呆気《あっけ》にとらせたらしいとか。

エピローグ

ゆったりした夜着に着替えたシャルティアナは、重いお腹《なか》に手を当てながら、ゆっくりとソファーに座りホッと一息ついた。今日は第一王子であるブライアンの結婚式で、朝からずっと忙しくしていたこともあり、少々お腹が張っていた。

「まだ出てきてはダメよ」

産み月まではまだ一月もある。シャルティアナは新しい家族の誕生をとても楽しみにしていたが、少し不安を感じていた。

レティリアが産まれてから一年半後に、レオナルドにそっくりの長男マリウスが産まれたのだが、産み月になる一月も前に産まれてしまったマリウスは、とても小さく命も危ぶまれるほどだった。

そして、シャルティアナも産後の肥立ちが悪く、なかなかベッドから起き上がれない状態が続き、レオナルドが毎日涙するほど心配させてしまったのだ。

それから三年。二十三歳となったシャルティアナは新しい命を宿した。今のところ順調に育っているようだが、マリウスも今くらいの月数で生まれてしまったのだ。

幸い、三歳になったマリウスは、ハンデル公爵家の使用人達を困らせるほど元気に育っているのだが、産まれて一年は風邪《かぜ》を引いたりするだけでもハラハラさせられたものだ。

もう少しだけお母様と一緒にいてね……。

優しくお腹を撫《な》でていると、ポコンポコンとお腹を蹴《け》られた。大丈夫だよと、返事をしているような我が子に思わず笑みがこぼれる。

そこへ、レオナルドが寝室に入ってきた。

「レオナルド様。レティリアとマリウスは眠りました？」

「今日はお利口にしていたし、よっぽど疲れたようだ。馬車で眠ったまま、夜着に着替えさせても起きなかったよ」

「いつも元気すぎて困ってしまうのですが、今日は本当にお利口でしたわ。レオナルド様、ワインでもいかがです？」

「そうだね。少しいただこうかな」

レオナルドはシャルティアナの隣に座り、華奢《きゃしゃ》な肩を優しく抱き寄せた。新しい命が誕生すると、しばらくはお預けになる夫婦の時間。

シャルティアナは机の上に用意してあったグラスにワインを注いでいく。

「どうぞ」

「ありがとう。……ふぅ。シャルティアナが入れてくれるワインが一番美味《おい》しい」

「まぁ！　ありがとうございます。ふふふ。ブライアン殿下、とてもお幸せそうでしたね」

「ああ、ゼフィールのような大国になると、王族が誰《だれ》と婚姻するかとても難しいんだ。自国でも、有力貴族すぎると権力の均衡を崩してしまうし、低位貴族では侮られることになる。かといって他国にと思っても、外交関係から難しいんだ。しかも王位に一番近い、第一王子ということもあって、ブライアン殿下は婚約者もなかなか決められなかったんだ。王族にとって政略結婚は当たり前。それを殿下自ら直接求婚して迎えた王子妃様らしいから、喜びも一入《ひとしお》だったのだろうね」

　そう言って笑うレオナルドは、ブライアンが愛《いと》しい人を見つけ結婚できたことを心から喜んでいた。

「ブライアン殿下が、グレイアム国の大使としてこられた王子妃様に一目惚《ぼ》れされたとか……とても素敵なお話ですね。憧《あこが》れますわ！」

「シャルティアナ！　私だって君に……」

「あら？　レオナルド様はお間違えになっていたではありませんか。一目惚れではありませんでしょう？」

「いや、そ、そうなのだけど……私は今でも毎日シャルティアナに一目惚れし直しているんだけどね……」

　シャルティアナに『間違え』と言われ、言い訳もできないレオナルドは、目に見えて落ち込んでいる。

「ふふふ、毎日一目惚れしてくださるなんて、とても嬉《うれ》しいですわ……あら？　そう言えばレオナルド様の指を手当てされたご令嬢は誰だったのでしょうか」

　レオナルドがシャルティアナに興味を持つきっかけとなった指の手当てをした女性。レオナルドの求婚が人違いだったと社交界で知られるようになってからも、名乗り出る者はいなかった。

　レオナルドのように見目も麗しく、公爵という高い身分もある者ならば、手当てをした令嬢も忘れることはないだろうし、名前を知らなかったとも考えにくい。

シャルティアナにとって、名乗り出る者がいなかったことは、今となっては本当に良かったのだが、心を通わせても結婚するまでは、万が一その令嬢が現れてレオナルドの心が変わってしまったらと怖くもなった。

「それがね、わかったのだよ」

「えっ⁉」

レオナルドの言葉にシャルティアナは驚きの声を上げた。

「……誰だったのですか？ ……可愛《かわい》い人ですか？ それとも綺麗《きれい》な……レオナルド様はその方にお会いしたのですか？」

キュッと眉根《まゆね》を寄せた顔で、心配そうに聞いてくるシャルティアナは、レオナルドの心臓を止めてしまうかと思うほど可愛かった。

あああ……可愛すぎる……。

「会っていないし、ブライアン殿下から教えていただいたんだ」

レオナルドは愛しいシャルティアナの涙に潤んだ瞳を見て額に口づけた。

「ん、何故《なぜ》殿下が？」

「実は、今日ご結婚された王子妃様のお姉様だったんだ」

「えっ⁉ ではグレイアム国の王女様がいらしていたのですか⁉」

「理由はわからないけど、我が国にお忍びで来ていたみたいだよ。だから派手に装うことはなかったみたいだね。言い方は変だけど、だからシャルティアナと間違えることができたんだけどね……帰国してから王子妃様とゼフィール国のお話をしていた中に、私の指を手当てしたことがあったらしい」

「そうだったのですね……レオナルド様は私と間違えていらっしゃらなければ王女様と」

公爵と言ってもゼフィール国のような大国であれば、グレイアム国くらいの国の王女を貰《もら》うことも可能だ。シャルティアナは男爵家の娘と王女なら、レオナルドも王女の方が良かったのではと考えてしまったのだ。

「私がシャルティアナに求婚したことは、間違いではないよ。きっかけとなった出来事を間違えてしまっていたことは許してほしい。けれど、私はずっとシャルティアナを見ていて、そして愛してしまったんだ。間違えだったけど、私にとってシャルティアナが正解だったんだよ」

「レオナルド様……」

「それに、素顔を隠していたシャルティアナでも十分美しかったのに、初めて本当の姿を見た時、私は女神に恋してしまったのかと考えてしまったよ。女神と王女なら、私は断然女神だね！　シャルティアナは私の、私だけの女神だ」

「もう……」

安心したのか、シャルティアナは自らレオナルドに抱きついてきた。赤く染まる頬《ほお》は愛らしく、もう間もなく三人の子供の母になるなど信じられないほどに綺麗だった。

「私の可愛いシャルティアナ。愛している。ああ、早く産まれてこないかなぁ。男の子だろうか。女の子だろうか。君の誕生が待ち遠しいよ」

レオナルドはシャルティアナの腹を優しく撫でた。さっきまで痛いくらいに動いていた腹の子は、全く動かない。まだ出たくないと言っているのだろうか。

「ふふ、お父様があなたに会いたいとお待ちかねだけど、もう少しお母様のお腹の中にいてね。ちゃんと大きくなってね」

「そうだね。それはそうだけど……産まれてから少ししたら、夜だけはお母様をお父様に返してね。それだけはお願いだよ」

真剣にそう言うレオナルドはどこまでも一途にシャルティアナを愛していた。

「まぁ！　もう、私はいつまでもレオナルド様の妻ですから」

二人はクスクスと笑いながら、ベッドに向かうと抱きしめあって眠りについた。ただただ、幸せだけが部屋を満たしていた。

その後、シャルティアナはレオナルドとの間に、腹の子ダリウムを含む見目麗しい三男二女を儲《もう》けた。

そして、レオナルドはブライアンの即位と共に宰相となり、愛する妻と子供達の未来のため、ゼフィール国の発展に素晴らしい功績を残したという。

真っ赤な薔薇の記念日

ダリウムが産まれて半年が経《た》ち、少し落ち着いたシャルティアナは、スタンス伯爵夫人となったミレーユ主催のお茶会に出席していた。お茶会と言っても大々的なものではなく、参加者は主催者のミレーユを含め、五人と小規模で親しい者だけだ。

その出席者の全員が、ミレーユと同じく辛《つら》い時期をシャルティアナに慰められた過去のある者達で、公爵夫人となった今でも良好な友人関係を築けていた。

男爵家の令嬢が公爵夫人となったことでもっと社交界が荒れるかと思っていたが、シャルティアナの容姿と人柄からすんなりと受け入れられ、権力争いなどは起こらなかった。もちろん、レオナルドの努力もあっただろうが。

私に友人ができるなんてね……。

普通にお茶とお喋《しゃべ》りを楽しみ、心から楽しいと思える茶会。ビアンカの取り巻きをしていた頃《ころ》には考えられないことだった。

「あ、あの。相談したいことがあるのですが……」

少し落ち込んだように話し始めたのは、艶《つや》やかな黒髪が印象的なドータル伯爵夫人カナリアだ。

「カナリア様？　どうかされたのですか？」

そんなカナリアをミレーユが心配そうに見つめている。

「その、こ、子供が産まれてから、少し夫との関係が変わってしまって。皆様はそのようなことはございませんか？」

カナリアは意を決したように話し始めた。

「カナリア様、わかりますわ！　私のところは二人目が産まれてからでしょうか。女として見てもらえていないというか……求めてもらえないというか……やはり少し太ったことが原因でしょうか」

カナリアの言葉に頷《うなず》き、出されたお茶菓子を悲しそうに見つめているふくよかな女性は、フォルスコット子爵夫人、リーシャだ。確かに、くびれた腰が魅力的だった結婚当時の見る影は全くない。

既婚女性が集まると、やはり話題になるのは夫との関係だった。皆、口々に不満を述べている。だが、皆のそんな様子にシャルティアナは首を傾《かし》げた。

そんなに変わったかしら……。

レオナルドは結婚してからも、子供を産んでも変わらない愛情を注いでくれている。むしろ、子供を産んでからの方がそれは強くなっている気がした。

身体《からだ》を求められることも頻繁にあり、夫婦関係は今でも良好だ。そんなシャルティアナは、皆の言葉に曖昧《あいまい》に頷くことしかできなかった。

「皆様、お気をつけなさって。最近薄れた愛情をカバーするかのように、花を贈る殿方が増えているそうですわよ」

少し怒りを含んで話しているのは、勝気な青い瞳《ひとみ》を持つ、サーモス男爵夫人アリシアだ。気が強く、思い込みが激しい性格でもある。

「え？　花を贈ってもらえるなら良いのでは？」

不思議そうにカナリアが問う。

「いいえ！　その花を使って、薄れた愛情を花言葉でうっすら示してくるのだとか。『愛情の薄らぎ』

や、『失われた愛』ですって。綺麗《きれい》な花を貰《もら》って喜んでいる妻を、バカにしているとしか思えないわ。シャルティアナ様、ハンデル公爵様はお変わりありませんか？」

アリシアはまるで自分がそうされたかのように、怒りを露《あら》わにしてシャルティアナに尋ねた。

「まあ、アリシア様。レオナルド様ほど、妻を愛しておられる夫は他《ほか》にいないでしょう。ねぇ、シャルティアナ様」

アリシアを宥《なだ》めながらも、ミレーユも興味があるようでにこやかにシャルティアナを見つめてくる。

「それはそうだと思いますが、愛していると言ってはいても、身体を求められることが少なくなったりはございませんか？」

アリシアが身を乗り出すようにして詰め寄ってきたため、シャルティアナは苦笑しながらも答えた。

「まあ、そんな……。本当にレオナルド様には大切にしていただいて、感謝しておりますわ。その、夫婦仲は、今でも、良いほうかと……」

シャルティアナはうっすら頬《ほお》を染めて恥じらいながら答えた。

「……。そうですわね。私がシャルティアナ様の夫でしたら、これほど美しく愛らしい方への愛が冷《さ》めることなんてないですわね……」

身を乗り出していたアリシアは、口元を手で押さえながら元の席に座った。

「私もレオナルド様のお気持ちが少しわかりましたわ。……毎晩でも襲ってしまいそうですわ」

ミレーユも深く頷いている。

「子供を産んでもこんなに……なんて可愛《かわい》いお方なのかしら」

リーシャは頬を赤らめ自分を抱きしめている。

「私もシャルティアナ様のようになりたいですわ……」

カナリアは心底羨《うらや》ましそうだ。

皆、恥じらうシャルティアナを呆《ほう》けるように見つめてしまい、会話が再開されるまでしばらく時間がかかってしまった。

そして、十分に語り合い日も傾き始めたため、そろそろお暇《いとま》しようとそれぞれが立ち上がった時、アリシアが人数分の本を取り出した。分厚い緑色の本だ。

「私、先ほどの話もあって、趣味で花言葉を覚えておりますの。良かったら皆様もどうぞ。夫が花を渡してきた時は要注意ですわよ。……というのは冗談で、花の意味を知っていると、心の潤いにもなりましてよ」

アリシアの言葉に皆苦笑してしまったが、断る理由もないためそれぞれ本を受け取った。本には花の名前や花言葉だけでなく、わかりやすく挿絵も描かれている。

そして、ミレーユにお礼を述べてからスタンス伯爵邸を出た。

スタンス伯爵邸からハンデル公爵邸までは馬車で半刻ほど。シャルティアナは揺れる馬車の中でアリシアから貰った本を開いた。さほど花言葉に興味があった訳ではないが、時間を潰《つぶ》すためだ。

「送られる花と言えば薔薇《ばら》ね……薔薇は愛に関するものが多いのね」

初めてレオナルド様と出かけた時も薔薇園だったから、気持ちを伝えようとしておられたのかしら……。

「ふふ、考えすぎよね」

シャルティアナは本を閉じると、窓から空を見上げた。茜《あかね》色に染まる空は、赤みがかったレオナルドの髪を思わせる。シャルティアナは愛《いと》しく思う気持ちを胸に、ハンデル公爵家へと帰ってきた。

「おかえりなさいませ」

屋敷に入るとアレンが出迎えてくれた。

「アレン、変わりなかったかしら？」

「ええ、何事もなく。お子様方もお部屋で奥様の帰りを待っておいでです。レオナルド様はまだお帰りではございません」

「そう……わかったわ」

毎日会っているのに、急にレオナルドが恋しくなっていたシャルティアナは、少し寂しい気持ちになってしまった。しかし、次の瞬間には子供を思う母親の顔になり、シャルティアナは愛しい子供達のもとへ向かった。


夕食を済ませ、子供達が寝静まった頃レオナルドは帰ってきた。

「レオナルド様。おかえりなさいませ」

シャルティアナはレオナルドを玄関ホールで出迎えた。窓から馬車が見え、少しでも早く会いたいと急いで出てきたのだ。

「ただいま、シャルティアナ。私達の天使はもう眠ってしまったかな？」

シャルティアナの出迎えに喜んだレオナルドは愛しい妻を抱きしめ、頬に口づけた。

「ええ。レオナルド様の帰りを待っていたのだけれど、待ちきれなかったみたいで、先ほど眠りました」

シャルティアナもレオナルドの頬に口づけを返す。

「それは残念だ。後で寝顔でも見に行くとしよう。おっと、シャルティアナ、これを」

レオナルドは黄色の薔薇の花束をシャルティアナに差し出した。片手で持てるほどの花束だったが、ふわりと芳醇《ほうじゅん》な薔薇の香りが広がる。

「今日は初めてシャルティアナとデートした日だからね」

「まあ！　……そんな日まで覚えて……ありがとうございます！　嬉《うれ》しい。とても綺麗……」

「愛するシャルティアナとのことは何でも覚えているよ。でも、シャルティアナに持たれると薔薇は可哀想《かわいそう》だな」

薔薇の香りを楽しんでいたシャルティアナは、レオナルドの言葉に顔を上げた。嬉しかった気持ちが吹き飛び瞳《め》から涙がこぼれそうになる。

「えっ？　どうして……私が持つと薔薇は美しくなくなるのですか？　私に薔薇は似合わないのですか？」

悲しそうに眉根《まゆね》を寄せるシャルティアナにレオナルドは慌てた。

「ち、違う！　どんなに綺麗な薔薇……どんなに美しい花だって、シャルティアナの美しさには敵《かな》わないからだよ!」

シャルティアナは力強い腕に抱きしめられ、なんども頬に唇にと口づけを受ける。

「も、もう……」

「ああ、可愛い……シャルティアナは何よりも美しい私だけの花だよ」

安心して頬を染める愛しいシャルティアナを見て、満足したレオナルドはもう一度口づけると、寝支度を整えるためアレンを連れて湯殿へと向かっていった。

シャルティアナは愛しい気持ちで胸がいっぱいになり、夫婦の寝室へ戻ると侍女に頼んで薔薇を生けてもらった。

黄色い薔薇の良い香りが部屋を満たしていく。美しく咲く薔薇にシャルティアナは心癒《いや》されていた。

ふと、シャルティアナは気になった。黄色の薔薇の花言葉が。

どんな意味があるのかしら……。

シャルティアナは、アリシアから貰った花言葉の本を手に取り、黄色の薔薇の花言葉を探してパラパラとページをめくった。

レオナルドが花言葉まで考えて薔薇をくれたとは思わないが、薔薇は愛についての花言葉が多かったはずと、シャルティアナは期待に胸を膨らませていた。

「あったわ。黄色い薔薇の花言葉は……えっ?」

──愛情の薄らぎ──

書かれていたのは、『愛情の薄らぎ』『嫉妬《しっと》』『友情』と、シャルティアナが期待していたものとは正反対だった。

「これは、アリシア様が言っていた……」

もちろんレオナルドに限って、そんなことはないとシャルティアナだってわかっている。頭ではわかっているのだが、期待してしまった分、心の落ち込みはどうしようもなかった。

シャルティアナは頭から毛布をかぶると、そのままベッドの端でうずくまるようにして横たわった。

「シャルティアナ、眠ったのかい？」

しばらくしてレオナルドが現れたが、シャルティアナは答えることができなかった。ベッドの端で眠ったふりをする。

「……お休み、シャルティアナ」

毛布をかけ直してくれたレオナルドの優しい口づけを頬に感じたが、それでもシャルティアナは動けなかった。

レオナルド様は愛してくれているわ……。

レオナルドの体温を感じていつもなら安心して眠りにつくことができるのに、シャルティアナの心は冷え切ったまま温まることはなかった。

そして、心癒された香りと同じなのに、部屋を満たす薔薇の香りは一晩中シャルティアナの心を揺さぶり続けた。

次の日、王城へと向かうレオナルドの見送りに、シャルティアナは門前まで出た。

眠ることができなかったシャルティアナの目は充血し顔色も悪く、それを周りに悟られないよう足元ばかり見ていた。

「シャルティアナ、いってきます」

レオナルドはいつも通り、シャルティアナを抱きしめ、唇に口づけしようとした。だが、シャルティアナは俯《うつむ》いたまま、それを受け入れようとしなかった。

レオナルドは愕然《がくぜん》とした表情で硬まっている。

「いってらっしゃいませ……」

レオナルドの胸を押しシャルティアナは身を離した。

「え、いや、シャルティアナ……？」

戸惑うレオナルドにシャルティアナは唇を固く閉じ応えない。流れる不穏な空気に、使用人達もハラハラと二人を見つめている。

「どう、したんだい？　私が何かしてしまった？」

何とか顔を見ようとレオナルドが覗《のぞ》き込んでくるが、シャルティアナは顔を背け目を合わせない。

「いえ……そういう訳では……」

レオナルドが一歩近づくと一歩下がり、二人の距離は縮まることがない。

「昨日も一人で眠ってしまっていて、おかしいと思ったんだ。何かしてしまったなら謝りたい。教えてほしい」

レオナルドの真剣な言葉にもシャルティアナは顔を上げることができない。悲壮な顔をしたレオナルドはシャルティアナの手を掴《つか》んだ。

このままでは、取り乱した姿を使用人達に見られることになる。公爵家の当主の権威に関わると判断したアレンは、シャルティアナの手を掴むレオナルドの腕を取り、無理やり馬車へと引っ張っていった。

「このままでは、執務に遅れてしまい、ブライアン殿下にご迷惑をかけることとなります。レオナルド様はすぐに王城へと向かってください」

「え？　じ、爺？　私はシャルティアナと話がある。こら、離せ！」

アレンは抵抗するレオナルドを問答無用《もんどうむよう》で馬車に押し込め、御者に出るように伝えた。

「いってらっしゃいませ。奥様には私から伺っておきますので」

アレンの言葉はレオナルドには聞こえていなかった。

◇

ブライアンは執務室が静かなことを確認し、ほっと胸を撫《な》で下ろした。

いつからか、自分の執務室だというのに、気軽に扉を開けることができなくなっていた。それもこれも、全《すべ》てレオナルドが原因なのだが。

今日は何事もなさそうだと安心したブライアンは、何の心構えもなく扉を開いた。何も音がしなかったがレオナルドはすでにいた。入口からはレオナルドの背中しか見えないが、真面目《まじめ》に職務をしているようだった。

私が入ってきた音にも気づかないほど集中しているのだな……。

今日の執務は順調に進むだろうとブライアンも気持ちが軽くなった。そして朝の挨拶《あいさつ》を交わそうと椅子に座るレオナルドに近づき、後ろから肩を叩《たた》いた。

「レオナルド。今日もはや、い……な?」

ブライアンは、トントンと肩を軽く叩いただけなのに、レオナルドはバランスを崩し机に倒れ込んでしまった。

「な!? レオナルド? レオナルド!」

慌ててレオナルドを起こそうとするが、力が入っていないのか身体はぐらぐらとバランスを取ることができず、支えていなければすぐに倒れてしまいそうになる。

いったいどうしたというのだ……。

事態を把握しようとしたブライアンは、前に回り込みレオナルドの顔を見て絶句した。何故《なぜ》なら、レオナルドは白目を剥《む》いて気絶していたからだ。絶望に打ちひしがれたように大きく口を開き、そこから魂まで抜けてしまったようにさえ見える。

「レオナルド! レオナルドー!」

ブライアンは荒業ではあるものの、レオナルドの頬を叩き現実の世界に連れ戻そうとした。何回その頬を叩いただろうか。しばらくしてレオナルドは正気を取り戻した。

「はっ！　で、殿下！　いかがなさいました？」

「いかがなさいました？　ではない！　まったく……今度はどうしたのだ。どうせ私は聞かねばならんのだろう？」

ブライアンは達観したような顔でレオナルドに聞いた。

「うう……で、でんがー……」

絶望の涙を流すレオナルドは、しゃくり上げたり奇声を上げたりと、なかなか話が伝わってこない。それでもブライアンは時に質問をしたり叱《しか》ったり、頬を叩いたり茶を飲ませたりしながら根気よく話を聞いていった。そしてようやく全てを理解することができた。

「なるほど……夫人が昨夜から態度がおかしいということか。薔薇の花束でか……」

「薔薇の花を渡すとシャルティアナもとても喜んでいたのです。頬を赤らめ恥じらう姿はもうこの世のものとは思えないほど……」

やっと落ち着いたと思えば、今度は最愛の妻を思い浮かべて呆けてしまったレオナルド。ブライアンは片手で顔を覆うと、その手を机に叩きつけた。

「おいっ！」

「はっ！　申し訳ありません。シャルティアナが寝室に入ってから、急に態度がおかしくなってしまって……いつもは、私が寝室に行くまで起きて待っていてくれるのに寝てしまっていて、しかも背中を向けてですよ？　そんなこと今まで一度だってありませんでした。朝もそのまま態度がおかしくて……目も合わせてくれなかったんですよ？　この悲しさがわかりますか!?　殿下、私は何をしてでしまったのでしょう……」

なんとかまともに話せるようになったレオナルドだが負の空気を纏《まと》い、外は気持ちの良い晴天だというのに執務室の中は陰鬱《いんうつ》だった。

薔薇は愛を伝える時にもよく使われる花だ……何故それを貰って……。

ブライアンは考え込んだ。これがレオナルドではなく、もっと他の部下のことなら放《ほう》っておくのだが、レオナルドが立ち直らなければ執務が進まない。何としても早く解決しなければとブライアンも必死だった。

「いや、待て。最近愛人を持つ夫が、愛していない妻に花を贈ると聞いたことがあったな。何故だったか……」

ブライアンの言葉にレオナルドは目を見開いた。

「そんな！　愛人なんて私にはあり得ません。私はシャルティアナしか愛しておりませんし、これからもそれは一生変わりません。神に誓って！」

またもや大粒の涙を流し、取り乱すレオナルドにブライアンは一喝した。

「お前に愛人がいるなど微塵《みじん》も思っておらぬわ！　……妻への皮肉？　いや、言葉の代わりに花を……そうか！　レオナルド！　花言葉だ！」

ブライアンは確信をもって立ち上がると、侍女に花言葉の記された本をすぐに持ってくるように指示した。

「は、花言葉、ですか……」

指示を終えたブライアンが座るとレオナルドは聞いてきた。知らない言葉に意味がわからないのだろう。

「うむ。庶民の間で流行して、貴族社会にも取り入れられたようだな。花自体に意味を持たせるのだ。例えば『愛している』や、『親愛』など。その花言葉によって、贈る人への花を選ぶのだそうだ」

「花に意味を持たせる……。わ、私は薔薇をシャルティアナに贈りました。殿下！　薔薇の花言葉は何なのですか！」

シャルティアナの態度が変わってしまった手がかりを掴んだレオナルドは、目を血走らせてブライアンに詰め寄ってくる。よほど愛しいシャルティアナに拒絶されたことが堪《こた》えているのだろう。

「そこまでは知らぬ。まあ、落ち着け。侍女に花言葉の記された本を手配した。もう間もなく届くだろう」

「あああー。薔薇園で今年初めて咲いた薔薇を贈ったがために……くそっ」

どうにも落ち着かないレオナルドは、花言葉の記された本が持ち込まれるまで執務室をうろうろと歩き回っては嘆いていた。

泣いたり、怒ったり、嘆いたりとどれほど取り乱せば気が済むのだ……。

ブライアンが嘆きたい気分だったが、じっと耐えているとしばらくしてその本が届けられた。

本が見える位置まで駆け寄ってきたレオナルドと共に、ページをめくっていく。

「薔薇は、ここか。……どういうことだ？　薔薇は愛を伝える花と記されている……」

愛の花言葉を持つ薔薇は、恋人や妻に贈るのに最適なはずだ。まだ何かあるはずだとページをめくるブライアンの横で、レオナルドはまたも嘆いている。

「愛！　シャルティアナへの気持ちを表すに相応《ふさわ》しい花ではありませんか！　それなのにどうして！　やはり私は嫌われてしまったのか……」

そんなレオナルドに構うことなく、ブライアンはさらに詳細の書かれたページを見つけると読み込んでいく。

「ふむ。どうやら『色』にも意味があるようだな。レオナルド、何色の薔薇を贈ったのだ？」

「い、色？　き、黄色です。何故か今年は黄色の薔薇の成長が早くて。ハンデル公爵家が管理する薔薇園で一番に咲いたのです。それを贈りました」

レオナルドの言葉を聞いたブライアンは額に手を当て項垂《うなだ》れた。

「何故数ある薔薇の中で『黄色』なのだ……」

黄色の薔薇の花言葉が記された場所を開きレオナルドに渡した。

「愛情の、薄、らぎ……」

レオナルドの顔は蒼白《そうはく》になり、額には冷や汗が滲《にじ》んでいる。本を持つ手はガタガタと震えていた。

「薄らぎなどありえない……ありえない！　ありえない！　シャルティアナへの愛が薄れるなんてありえない！　私の気持ちは真っ赤な薔薇だ！　殿下！　ありがとうございます！　帰ります！」

本を投げ捨てて立ち上がったレオナルドは、ブライアンに帰ると決定事項を伝えてきた。ブライアンもこんな状態のレオナルドを引き留めたいとは思わない。

「……ああ。わかった。帰れ。一秒でも早く帰ってくれ……」

私の心の平穏のために……。

ブライアンに頭を下げたレオナルドは、一流の騎士が駆けるよりも速く執務室から消えていった。

「情緒の安定している補佐官が欲しい……」

ブライアンの願いは誰にも届くことはなく、悲しく執務室に響くだけだった。

この日、王城からハンデル公爵家への道のりにある花屋からは、真っ赤な薔薇が一本残らずなくなったという。

◇

「それじゃあ、子供達をお願いね」

昼寝を始めた子供達を乳母《うば》に頼むと、シャルティアナは自室へと戻った。先日招待されたお茶会のお礼状を書くためだ。

しかし、机に向かいペンを手にするが、なかなか進まない。シャルティアナはペンを置きため息をついた。

レオナルドは変わらない愛を注いでくれている。花言葉など、最近になって庶民の間でできたものだ。レオナルドが知らなくても無理はない。

そもそも、人が勝手に花に意味を持たせたのだ。美しく咲く黄色い薔薇には何の罪もない。そう頭でわかっていても、黄色い薔薇を見るとシャルティアナの心は軋《きし》んだ。

あの時アリシアから花言葉の本を受け取らなければ、レオナルドから貰った薔薇を素直に喜んで、こんなに気持ちが沈むこともなかったのに。

レオナルド様の口づけを拒んでしまったわ……。

今朝の騒動を思い出して、シャルティアナの気持ちはさらに沈んだ。

けれど、このままではいけない。レオナルドは理由もわからず妻に拒まれたのだから。非があるのは自分だと、シャルティアナだってわかっていた。

世間体や外見を気にせず、男爵家の娘だったシャルティアナを妻にと望んでくれたレオナルド。断っても嫌われるように振る舞っても、愛してくれたレオナルド。

優しい義父母に、何よりも愛おしい子供達。それを全て与えてくれたのはレオナルドだったのだから。

謝らないと……。

ちゃんと謝って理由を説明しようとシャルティアナは立ち上がった。廊下に出て、アレンを呼ぶ。

「アレン。少し外出したいのだけど、馬車をお願いできるかしら」

すぐに現れたアレンは恭しく頭を下げる。

「かしこまりました。どちらに向かわれますか？」

「花屋に……赤い薔薇が欲しいの」

アレンは頷くと、すぐさま馬車を手配しに行った。シャルティアナは自室に戻り、侍女の手を借りて外出の支度をする。

貴族の女性が一人で出歩くことはあまり良しとはされておらず、帽子を目深にかぶり、顔が見えないようにした。

支度が終わり、門まで出てきた頃には馬車はすでに用意されていた。

「いってらっしゃいませ」

「ええ。すぐに帰るわ」

アレンに見送られ、シャルティアナは馬車に乗り込んだ。

赤い薔薇だけなら使用人に買ってこさせればいいのだが、シャルティアナはどうしても自分で手に入れたかった。愛を伝えるなら自分の手でと思ったからだ。

アレンもこちらで用意するとは言わなかった。理由はわからないにしても、レオナルドのためにシャルティアナが何かしようとしていることを察してくれたのだろう。見送りの笑顔にも安堵《あんど》が浮かんでいた。

早く会いたいわ……。

今朝、拒んでしまったのは自分だというのに、気持ちはすぐにでもレオナルドに会いたいと言っている。早く赤い薔薇を手に入れて帰ろう。お洒落《しゃれ》をして、レオナルドが帰ってくるのを出迎えようとシャルティアナの心は急《せ》いていた。

近くの花屋など馬車でものの数分だ。だが、すぐに赤い薔薇を手に入れて帰ろうと思っていたシャルティアナに、問題が起きた。

「え？　赤い薔薇がない？」

「はい。申し訳ございません。赤い薔薇だけ売り切れてしまって……」

「そう……それは仕方ないですね」

ないものは仕方ないと、少しハンデル公爵家から離れるが、シャルティアナはもう一軒の花屋へと向かう。

着いたのは、先ほどの店よりも二回りほど大きな花屋だ。色とりどりの花達が溢《あふ》れんばかりに並べられ、取り扱われている花の種類も一軒目よりも多い。

ここなら赤い薔薇がないということはないだろうと、シャルティアナも安心して店に入った。

「え？　ここも売り切れですか？　その、赤い薔薇を一本だけでいいのですが……」

シャルティアナは困ってしまい、一本だけでいいからと聞いてみるが店主は首を横に振った。

「つい先ほど全て売り切れてしまったのです。他の色の薔薇でもよろしければご用意できるのですが」

「そうでしたか。ありがとうございます。でも結構ですわ。赤い薔薇を探します」

「赤い薔薇は人気でして、まだ蕾《つぼみ》のものから、一番美しく咲いているものまでたくさん仕入れているのですが、今日に限って申し訳ありません。また御贔屓《ごひいき》に」

申し訳なさそうに頭を下げる店主に、シャルティアナはまた必ず利用すると伝え、次の花屋へ向かうべく店を出た。

しかし、不運は続くようで、シャルティアナはその後も何軒も花屋を回ったが、赤い薔薇を手に入れることはできなかった。

ガタガタと揺れる馬車の中、シャルティアナはため息をついた。

きっとどこかの愛情深い方に全部買われてしまったのね……。

力なく笑ったシャルティアナは、想像の中でその薔薇を贈られる人を少し羨ましく思いながら、ハンデル公爵家へと帰ってきた。既に日は傾き始めた頃だった。

シャルティアナが門の前に付けられた馬車から降りようとすると、手が差し出された。御者かアレンが差し出してくれたのだと思ったシャルティアナは、沈んだ気分に俯いたまま、その手を取った。

「えっ……？」

次の瞬間強く手を引かれ、馬車の台から足を踏み外したシャルティアナの身体は宙を舞った。落ちると思い、痛みに備えようと目を瞑《つむ》り硬くした身体は、予想に反して柔らかく受け止められた。

「ああ、シャルティアナ……」

かけられた声に顔を上げると、優しい新緑の瞳がシャルティアナを見つめていた。

「レオナルド様！」

シャルティアナはレオナルドの胸の中にいた。強く抱きしめられ、シャルティアナの唇に触れるだけの口づけが落とされた。

「シャルティアナ、すまない。君に黄色の薔薇を贈った自分を殴りたい。ただ、誓って花言葉は知らなかった。薔薇園で最初に咲いた薔薇をシャルティアナに贈りたくて……」

レオナルドは苦しそうに顔を歪《ゆが》め、シャルティアナに謝ってきた。本当に花言葉など知らなかったのだろう。それでも答えを探し出してくれたレオナルドに、シャルティアナの心は温かくなった。

「わ、私もごめんなさい！　レオナルド様に限って黄色い薔薇の花言葉のようなことはないとわかっていたのです。それなのに、私は……レオナルド様にそのような顔をさせてしまうなんて妻失格ですね……」

シャルティアナは、レオナルドを傷つけてしまったことを心底後悔した。どうしてあの時、花言葉など調べてしまったのだろうと。

一番に咲いた花を贈ってくれた。誰よりも早く薔薇を見せたいと思ってくれた。それがレオナルドの気持ちの全てだったのに。

「花言葉なんて関係ない。私は心からシャルティアナを愛している。今までも、そしてこれからも。来世だって誓おう。私の気持ちが変わることなど永遠にない。……愛している」

「レオナルド様。私も心から貴方《あなた》を愛しています」

二人はギュッと抱き合い、お互いの気持ちを伝え合った。ようやくシャルティアナは笑顔を取り戻すことができた。

そんな二人の様子にアレンや使用人達もやっと胸を撫で下ろすことができた。

「シャルティアナ、見せたいものがあるんだ」

嬉しそうに笑ってシャルティアナの手を掴んだレオナルドは屋敷へと向かう。

「あの、どうしたの……え？」

屋敷へ入るとシャルティアナは言葉を失った。廊下に、階段、窓枠に至るまで、真っ赤な薔薇が飾られている。いったい何軒の花屋を回れば手に入れられるのか、見当もつかないほどの真っ赤な薔薇で、屋敷中が埋め尽くされていたのだ。

「シャルティアナ、君に私の想いを伝えたくて。王城から屋敷までの全ての花屋で真っ赤な薔薇を買い占めてしまったよ」

レオナルドは少し照れたように笑っているが、シャルティアナは屋敷中に飾られた薔薇を見て立ち尽くしてしまっていた。

「こんなに、たくさん……」

「これだけじゃないんだ。おいで、シャルティアナ」

レオナルドは再びシャルティアナの手を引き、夫婦の寝室へと向かった。そして扉を開けると、部屋いっぱいに真っ赤な薔薇が飾られており、ベッドにも薔薇の花びらが敷き詰められていた。

「まぁ…まだ蕾の薔薇まで」

「花屋で薔薇を買い占めた後も、一本でも多くの薔薇を贈りたくて、最後に薔薇園で、まだ咲いていない蕾も取ってきてしまったんだ。シャルティアナ、君への愛が薄れることなんてありえない。いつでも、誰よりも何よりも愛している。たとえ、どんなにたくさんの真っ赤な薔薇を贈っても、私の気持ちを伝えきれることはないくらい」

真剣な想いを聞いたシャルティアナの頬に涙がぽろぽろと伝い、それをレオナルドの指が優しく拭《ぬぐ》う。

「レオナルド様……私も、言葉では足りないくらい愛しています。本当にごめんなさい……」

「いいんだ。黄色い薔薇の花言葉を知らなかった私が悪い。シャルティアナ、口づけても？　今朝か

らシャルティアナが足りないんだ」

そう言って優しく抱きしめてくれたレオナルドに、シャルティアナは素直に頷いた。

言葉でお互いの想いを確かめた夫婦が、口づけだけで終わるはずがない。レオナルドもその先を望み、シャルティアナもわかった上で頷いたのだ。

軽く触れるだけだった口づけが深くなり、シャルティアナの身体から力が抜ける頃、レオナルドはシャルティアナを抱き上げ、ベッドへと向かう。その僅《わず》かな距離を歩く時間も二人の唇が離れることはなかった。

口づけたまま、シャルティアナの身体がベッドへと沈む。真っ赤な花びらが舞い、シャルティアナのハニーブロンドの髪を彩る。

レオナルドがその髪を一束掬《すく》い口づけた。

「綺麗だ。薔薇よりも何よりも。子供を産んで母になっても、シャルティアナは私にとって一番美しく愛しい人だ。この先何が起こってもそれは変わることはない。昨日より今日、今日より明日の方がシャルティアナを愛する気持ちは大きくなっていくんだ」

「レオナルド様……貴方の妻になれたことが何よりの幸せです。いつも愛してくださってありがとうございます」

離れていた唇が再び触れ合う。レオナルドの肉厚のある舌が、シャルティアナの口内を犯していく。まるで食べられているような口づけだった。その間にレオナルドの手は、シャルティアナのワンピースの留め具を外し、白く柔らかな肢体を露わにしていく。

唇が解放された時には、シャルティアナは何も身に纏っていなかった。シャルティアナの白い肌と対照的な真っ赤な薔薇の花びらは、レオナルドの官能をひどく誘う。

レオナルドは服を脱ぐ時間すら惜しいように、着ていたシャツを強く引っ張るとボタンを弾《はじ》き飛ばした。

「シャルティアナ……」

レオナルドの唇がシャルティアナの細い首を這《は》う。

「レオ、ん、ナルド様……」

強く吸われた首筋には薔薇の花びらのような赤い印が刻まれていく。そのままレオナルドの唇はどんどん下がり、鎖骨、胸、腹部へと赤い花びらを散らしていく。

「ん、やぁ……ん、あぁ」

シャルティアナの身体は、印を刻まれる小さな痛みも快感へと変えてしまい、淫《みだ》らに腰が動いてしまう。だが、レオナルドは一向にシャルティアナの快いところには触れてくれない。ただただ、柔らかな身体に唇を這わせ赤い花びらを刻んでいくだけだった。

それでもシャルティアナの身体はこれからの行為に期待し反応を示す。溢れ出た愛液は太ももを伝いシーツに染みを作っていた。

「も、やぁ、レオナ、ルド、様……んん、ひぁっ」

「だめだよ。まだまだシャルティアナに薔薇の花をもっと贈りたいんだ」

レオナルドの言う薔薇の花とは、シャルティアナの身体に散りばめられた赤い印のことだろう。そして、レオナルドはシャルティアナの足を大きく開かせ、今度は太ももへと唇を這わせている。

「ふあっ、んぅ……あっ、はうぅ」

そして全身に赤い薔薇の花びらが刻まれると、レオナルドは納得したようでようやく唇を離した。

しかし、たったそれだけの行為でシャルティアナの身体はぐずぐずに溶け、息は浅く速くなっていた。

「シャルティアナ……君が真っ赤な薔薇のようだ。私ももう我慢できそうにない」

そう言うと、レオナルドは力の抜けたシャルティアナをうつ伏せにし、腰を高く上げさせると後ろから覆いかぶさった。ゆっくり、ゆっくりレオナルドの剛直がシャルティアナの蜜壺《みつつぼ》へと侵入していく。

「ああっ、レオ、ナルド、んふぅっ、さ、まぁ」

何度もレオナルドの形を刻み込んできた蜜壺は、解《ほぐ》されることがなくとも、柔らかく剛直を呑《の》み込んでいく。そして溢れ出た愛液を馴染《なじ》ませるように、もどかしいほどゆっくりとギリギリまで抜いてはさらに奥へと進んでいく。

待ちに待ったレオナルド自身に、シャルティアナの身体は歓喜を上げるが、もどかしい快感は身体の奥に溜《た》まるばかりだ。

焦《じ》らされるシャルティアナの瞳に、耐え切れず涙が浮かぶ。もう無理だと、強く愛してほしいと懇願しようとシャルティアナが振り返ろうとした時、目の前に火花が飛んだ。

「ひっ、あぁ――――っ」

レオナルドが強く、剛直を打ち付けてきたのだ。焦がれた快感に身体は敏感に反応し、シャルティアナは軽く達してしまった。だが、もちろんこれで終わりではない。レオナルドはそれを皮切りに、何度も何度もシャルティアナの最奥を穿《うが》っていく。

「や、はっ、ひぁっ、ああっ……ふぅうっ」

敏感に反応してしまう身体は、今度は反対にその快感から逃《のが》れようとする。シャルティアナはシーツを握りしめ、身体を上に上にと逃がそうとするが、腰をレオナルドにがっちりと掴まれており、それは許されない。

それどころか、レオナルドの手はシャルティアナの花芽を探り当て、さらに快感を与えてくる。くるくると指でなぞられ、強く押し潰される。そのたびにシャルティアナの身体は跳ね、がくがくと腰を震わせて達してしまう。

「ああああっ、ああ――……」

何度達しただろう。そのたびに溢れ出る愛液は、シャルティアナだけでなく、レオナルドの足も濡《ぬ》らしている。レオナルドに穿たれるたび、ぐちゅぐちゅと卑猥《ひわい》な水音が鳴り、シャルティアナは快感と羞恥《しゅうち》に追いつめられていく。

暴力的なまでの快感に、もう耐えきれないと意識を手放しそうになった時、やっとレオナルドの熱い飛沫《しぶき》を身体の奥で感じたシャルティアナは、そっと瞳を閉じた。

「ん……」

夜中になってシャルティアナが目を覚ますと、レオナルドの温かい腕の中にいた。身体はさっぱりとしており、情事の後を思わせないことから、レオナルドが後始末をしてくれたことがわかった。

安心と温《ぬく》もりをくれるレオナルドの腕。結婚する前もした後も、父と母になってからも変わらず優しく抱きしめてくれる腕。シャルティアナはその愛しい人の腕に唇を近づけると、赤い印を刻もうとした。

しかし、ここは自分の場所だと印を付けたくなったのだ。

しかし、強く吸ってみるがなかなか上手《うま》くいかない。

「私も赤い薔薇を貴方に贈りたかったのだけど……ふふ。上手くできないものね」

レオナルドの腕は、うっすらと赤くなっただけで、赤い薔薇の花びらのようには到底見えなかった。

「何が上手くできないのかな？」

くすくすと笑う声に、シャルティアナは驚いた。

「お、起きていたのね？」

「シャルティアナが何かしようと頑張っている姿が愛おしすぎてね。ああ、可愛い私のシャルティアナ」

「もう……本当は私もレオナルド様に赤い薔薇を贈りたかったの。外出していたのはその薔薇を買うためだったの。でも一本もなかったわ。愛情深い誰かが買い占めたみたいで。その時は、その相手の方がとても羨ましかったわ」

それが私だったなんて……。

シャルティアナは幸せを心から噛《か》みしめた。王城からの帰りに花屋という花屋の真っ赤な薔薇を買い占めて、愛を伝えてくれる夫。これ以上の夫などいないだろう。

「シャルティアナが望むなら国中の薔薇を集めたっていい」

レオナルドはシャルティアナを抱き寄せ、額に口づけを落とした。

「いいえ、もうレオナルド様のお気持ちは伝わりましたから」

シャルティアナは顔を上げ、レオナルドの唇に優しく口づけた。

「シャルティアナ……」

その後、再び硬さを取り戻したレオナルドに、シャルティアナは何度も何度も貪《むさぼ》られることとなった。ただただ、幸せな愛に包まれて。


翌日、シャルティアナは全身に散りばめられた赤い薔薇の印の多さに驚き、羞恥からしばらくの間風呂《ふろ》や着替えは一人で行うことになってしまった。

そんなシャルティアナとは違い、レオナルドは満面の笑みを浮かべ踊るような足取りで王城へと向かったそうだ。その舞い踊るレオナルドの後ろには、薔薇の花びらが舞い散り、使用人達がせっせと片付けをしていたそうだ。

そして、毎年この時期になると、二人で真っ赤な薔薇を贈り合い、愛を確かめ合う習慣ができたという。

文庫版書き下ろし番外編

レティリアの誕生日事件

MELISSA

「……今、なんと言った？」

ブライアンの威圧ある声が、夕陽《ゆうひ》に染まる執務室に響いた。

「明日、休暇をいただきますと申しました。いったい何を驚いておられるのですか？　先月から申請しておりましたが」

眉間《みけん》にしわを寄せるブライアンには目もくれず、事もなげに答えたレオナルドは、いそいそと机を片付けている。

「いや、聞いてはいたが……明日は重要な議会が急に入っただろう？　休暇は取り消すものと……」

「ええっ⁉」

レオナルドは弾《はじ》かれたように立ち上がり、驚愕《きょうがく》の表情を浮かべた。心底驚いているようだ。

「まさかっ！　取り消すなどありえないです！　私の可愛《かわい》くも美しい、神に遣わされた純真な天使でありながら、シャルティアナとの愛の結晶でもあるレティリアの一歳の誕生日なのですから！　そんな天使の誕生日を祝えないなど……神への冒涜《ぼうとく》……いえ、殿下は私を悪魔にでも堕とすおつもりですか！」

「なっ⁉　悪魔とは……そこまでっ、ておい、おーい、レオナルド、レオナルド？」

レオナルドは、休暇はもう決定事項とばかりに最後の書類をしまうと、今度は荷物をまとめ、コートに腕を通し、帰る準備を始めている。

溺愛してやまない娘の初誕生日を祝うのだ。ブライアンとて、なんとかして休暇を与えてやりたいとは思うが、明日はレオナルドなしでは議会が進まない。

レオナルドの知識、頭脳がどうしても必要なのだ。

「いや、しかしだな。レオナルド、お前がいなければ明日の議題の詳細が……頼む！　議会が終わり次第帰っても良い。後の処理は何とかする。だから議会だけは出てくれ！」

ブライアンは顔の前で手を合わせ、硬く目を閉じながら渾身《こんしん》の『お願い』をした。流石《さすが》に、王太子にここまでさせたら、断ることなどできないだろうと考えてだ。

だが、娘への愛に文字通り溺《おぼ》れるレオナルドに、それは通じなかったようで、深いため息が聞こえてきた。

恐る恐る目を開いてみると、満面の笑みで執務机の前に立つレオナルドと目が合った。

「ふぅ、そうおっしゃると思い、こちらを用意いたしました」

ドンッと分厚い資料の山が、ブライアンの目の前に置かれた。椅子《いす》に座るブライアンの顔が、見えなくなるほどの量だ。

「こ、これは……」

「これが私の代わりに役目を果たします。明日の議題の詳細が全《すべ》て記されていますし、各種報告書や、過去の実績も全て網羅しております。これさえあれば私は必要ありません！　では、殿下、失礼いたします」

レオナルドが深々と頭を下げ、次に見えたのは後ろ姿だった。言われたことの意味をすぐに理解できなかったブライアンは、反応が遅れてしまった。

「いや……この量を今からなど無理っ、おいっ！　レオナルド、レオナルド!?　待ってくれ！」

執務室を出ようとするレオナルドの背に、ブライアンが懇願するが、それは執務室に声として響くだけで、レオナルドの心には全く響かなかったようだ。

執務室の扉は、無情にも閉じてしまった。

「俺《おれ》は、次期国王……王太子、だよな？　……なぜ、なぜ王に次ぐ俺の頼みが聞けないのだ！　くそっ！」

家族のこととなると命令を一切聞かないレオナルド。普通ならクビにでも不敬罪にでも処することができるが、そんなことをすれば、この国が回らないことを理解しているブライアンは、己の無力を嘆くしかなかった。

◇

「私の愛《いと》しいレティちゃんー！　おじい様だよぉ」

「おめでとう！　可愛いレティ！　おばあ様よ」

レティリアの誕生日当日、朝一番でバルトスとアルティアがやって来た。

待ちきれなかったように、馬車から飛び出てくる二人を、よちよち覚束ない足取りながらも、レオナルドに手を引かれ、出迎えたレティリア。

ピンクのフリルがたっぷりのドレスを纏《まと》い、肩まで伸びた髪には、大きな赤いリボンが付けられている。

白い小さな靴を履き、一生懸命自分の足で歩くその可愛さには、レオナルドも朝からデレデレとだらしなく溶けきるほどで、二人も同様に、愛おしさが溢《あふ》れてしまっていた。

「なんて可愛いんだ！」

「ああ、私の天使！」

レオナルドの手からレティリアを攫《さら》うと、暑苦しいほどに抱きしめ、これでもかというほど頬《ほお》に、額にと口づけ始めた。

レティリアは少し迷惑そうに眉《まゆ》を寄せているが、二人は全く気づいていない。

「もう、お母様、お父様。レティが困っているわ。……あら？　何故《なぜ》馬車が二台あるの？」

遅れて出てきたシャルティアナは首を傾《かし》げた。

ハンデル公爵家の門の前には、クレイモン男爵家の家紋が刻まれた馬車が、二台並んでいる。

一台はバルトスとアルティアを乗せてきたのだろうが、もう一台はいったい誰《だれ》が乗っているのか。

シャルティアナに兄弟姉妹はおらず、他に招待している者はいないはず。

「うん？　これかい？　この馬車にはね、レティへのプレゼントが詰まっているんだよ」

「何が良いかわからなくてねぇ。レティには、たくさんあげたくて。んー、でも、まだまだ足りないくらいよねぇ？　あっ⁉　ダメよ！」

シャルティアナがもう一台の馬車の扉を開けようとして、アルティアは慌ててそれを止めようとした。

しかし、制止の言葉は間に合わず、シャルティアナは扉を開けてしまった。

「きゃっ⁉」

すると、馬車にはぎゅうぎゅうに、プレゼントが詰め込まれていたのだろう。扉を開けた途端、たくさんの包みが雪崩《なだれ》のように崩れ落ちてきた。

驚いて倒れるシャルティアナの上に、大小様々な箱が積もっていく。

「シャルティアナ！　怪我《けが》はないかい⁉」

「え、ええ」

「ああ、大丈夫だろうか……さぁ、ゆっくり立って」

レオナルドの手を借りて、なんとか立ち上がったシャルティアナは、お腹《なか》に手を当てながら、深いため息を吐いた。

レオナルドが庇《かば》うように、腰に手を回す。

「だからダメって言ったじゃない。もう、シャルティアナ、大丈夫？　重たいものはなかったと思うけれど。レオナルド様、ごめんなさいね。それと、今日はお招きありがとうございます」

アルティアが駆け寄り、シャルティアナのドレスの汚れを払ってくれた。

「挨拶《あいさつ》が遅くなり申し訳ありません。お義父《とう》様、お義母《かあ》様。ようこそお越しくださいました。荷物は運ばせますので、まずは屋敷にお入りください」

「そうさせていただくわ。ごめんね？　シャルティアナ。さぁ！　レティちゃん、おばあ様と行きましょうね」

すぐにレティリアの側に戻ったアルティアは、小さな手を掴《つか》んだ。

「いーや、おじい様と行こうか」

二人は競うようにレティリアの手を握ると、満面の笑みで屋敷に入っていった。


「レティちゃんには、これがいいかな？」

「これはおばあ様が選んだのよ？」

レティリアへのプレゼントが、テーブルどころか、部屋中に並べられていく。

煌《きら》びやかなドレスに、光り輝く髪飾り。宝石でできた靴に、可愛い人形。なんと、ペットとして黄金の首輪をつけた犬まで入っていた。

「じーま、ばーま」

レティリアが頷《うなず》くようにして頭を下げた。最近できるようになった、『ありがとう』の意思表示だ。

まだまだ、おじい様、おばあ様とはっきり発音することはできないが、そんな舌ったらずなところも愛らしいレティリア。

貰《もら》ったプレゼントを、小さな腕に抱きしめてニコニコ笑う様は、背に天使の羽が見えるようだ。

お礼を言われた二人どころか、レオナルドも床に倒れ込み、締まりのない顔で喜びの涙を流してしまっている。

「お父様、お母様、来年からはドレスだけでいいから。……今日は来られないとのことだったけど、お義父様と、お義母様からも、ありえないほどたくさんのプレゼントをいただいているのよ」

レオナルドの両親は体調が優れず、また日を改めて来るとのことだが、誕生日に間に合うように、こちらも馬車いっぱいのプレゼントを贈ってきたのだ。

そして今日のこれだ。もう、レティリアの部屋には到底収まりそうもない。

ドレスだけでもどれだけあることやら。

「そ、そんな、ドレスだけだなんて……」

「楽しみを奪わないでくれ！　せめて、レティの全てを飾らせておくれ！」

プレゼントを減らしてくれと言われ、悲痛な表情で涙を流す両親に、シャルティアナは苦笑するしかなかった。

「もう……そうだわ。レティ、あなたにもう一つプレゼントがあるのよ？　お父様とお母様にもかしら？」

シャルティアナはまだ膨らんでいないお腹を撫《な》でながら、レティリアへと近づいた。

何かわからないレティリアは、呼ばれて視線を上げたが、すぐに貰ったプレゼントで遊び始めた。

「ふふふ、わからないわよね。レティはお姉さんになるのよ？」

優しく笑い、レティリアを膝《ひざ》に乗せるシャルティアナ。

「本当かい？　シャルティアナ！　はっ!?　さっきプレゼントの下敷きになっていたが大丈夫なのか!?　ああ……天使がまた一人……」

「まぁまぁ！　ダメじゃない！　気をつけないと！　ああ、でも嬉《うれ》しいわ、シャルティアナ」

喜びの声とともに幸せに包まれる部屋。たくさんの笑顔が溢れていた。

しかし、事件は急に起きた。

「さぁレティ、お父様の方へおいで」

バルトスとアルティアが、シャルティアナを抱きしめようとしていたため、レオナルドはレティリアを抱き上げようと両手を伸ばした。

「いーあ！」

小さなレティリアの手が、シャルティアナの服を掴み、ひしっと抱きついて放さない。

「えっと……いーあってなにかな？　さぁ、おいで？」

しかし、レティリアは首を振り、レオナルドの腕に行こうとしない。ブルーの瞳には涙が浮かんでいる。

「あ、あの、レオナルド様、いーあ、は嫌だってことなのです……」

シャルティアナが言いにくそうに説明すると、レオナルドが腕を伸ばしたまま、石化したように固まった。

「最近ちょっとずつ気持ちを伝えるようになってきて……ねぇ、レティ、お父様に抱っこしてもらって？」

優しくシャルティアナが伝えても、レティリアの手にはさらに力が入るだけで、首を振り続けている。

「ふふふ、すごーい！　レティはもうおしゃべりができるのね？」

「私も、シャルティアナに拒絶された時は、人生の終わりかというくらい悲しかったものだよ……」

アルティアはクスクスと笑い、バルトスは同情するようにレオナルドを見ている。

「たまたま、そういう気分なだけですから」

レティリアの背を撫でながら、シャルティアナがフォローを入れるが、レオナルドは固まったままだ。

慌ててレオナルドに抱かせようとするが、頑《かたく》なになったレティリアは、泣き喚《わめ》きながらシャルティアナにしがみついてしまう。

「いーあ！　……ふぁぁぁん！」

「あぁ……あああああぁ！」

レティリアの泣き声に混ざり、悲痛な叫びが部屋に響き渡った。

「何故、何故!?　レティリアはお父様が嫌いに!?　ああっ！　それだけは耐えられない！」

その後、レオナルドはなんとかレティリアの機嫌を取ろうと悪戦苦闘するが、頑固なところは誰に似たのか、全く状況は変わらない。

そんな様子をシャルティアナ達も微笑《ほほえ》ましく見守っていた。昼寝でもすればレティリアの機嫌も良くなると思っていたからだ。

案の定、お昼寝から目を覚ますと、レティリアは満面の笑みでレオナルドに抱っこされた。

ただ、レオナルドの執念は凄《すさ》まじく、二度と嫌だと言われないよう、あの手この手で好かれようと必死になっていた。

「私の天使！　レティ！　さぁ、お菓子だよ。お父様と一緒に食べよう！」

「レティ！　お父様とお人形で遊ぼう！」

「世界で一番愛しているよ、レティリア」

バルトスとアルティアがいようが関係なく、レティリアを構い倒し、二人が帰ればさらにベタベタとする始末。

夜は乳母《うば》に預けて夫婦の時間を持つのだが、今日は一緒に眠るとまで言いだし、それを実行した。

朝もレティリアから頬に口づけされ、デレデレと満面の笑みで城へと向かっていった。妻への口づけも忘れて。

シャルティアナは苦笑ながらも笑って見送った。

◇

つ、疲れた……。

一昨日《おととい》、大量の資料を徹夜で頭に叩《たた》き込み、昨日の議会をなんとか乗り切ったブライアンは、果てしなく疲れていた。

激論が交わされ、議決までに予定していたよりも、倍ほどの時間がかかったからだ。

それでもいつもと同じ時間に起床し、重い身体《からだ》に鞭《むち》を打ち執務室へと向かう。

傍《はた》から見れば一日くらい休んでもと思うが、真面目《まじめ》なブライアンはそれをしない。

何も疲れているのは今日だけではない……。

寝不足による頭痛を耐えて扉を開けた。

「レティレティィレティィレティ！　レティレティレティ！」

愛娘《まなむすめ》の名前を呼び、舞うような手捌《てさば》きで、書類を整理していくレオナルドがいた。

痛むこめかみを押さえるブライアン。

「あっ、殿下おはようございます！　昨日はありがとうございました！　しかしながら天使に早く会いたいため、今日もできるだけ早く帰っ」

「うるさいっ！　今すぐ帰れ！」

「はい！　もう帰ります！」

間髪入れない返事があり、ブライアンは勢いよく扉を閉めた。扉の向こうでは、愛娘への歌が響いている。

「もういい……俺も休みだ……」

自室に向かう足取りは重く、この日、ブライアンは初めて惰眠を貪《むさぼ》ったという。

◇

「レティただいま！　お父様が帰ったよー」

踊るように帰ってきたレオナルドは、レティリアへの愛が止まることはなく、シャルティアナへ軽い口づけをすると、すぐに子供部屋へと向かっていった。

レティリアも、全力で遊んでくれる父に喜び、最近はよく懐《なつ》いている。シャルティアナよりべったりだ。

それが、一日二日程度なら微笑ましいのだが、三日、四日と続くうちにシャルティアナの表情が曇《くも》りだした。

しかし、レオナルドはレティリアに夢中になるあまり、全く気づかない。浮かれたままで、『レティ、レティ』と呼んでは抱きしめ、構い倒している。

そして、そんな日々が一週間続いてしまった。仕事が溜《た》まっていたのだろう、その日、レオナルドの帰りは夜遅くになってからだった。

「……おかえりなさいませ」

シャルティアナは遅い時間にもかかわらず、いつもと同様、玄関ホールで出迎えた。

「ただいま。レティは？」

「……」

しかし、夫を待っていた妻にあったのは、軽い口づけだけで、一番に聞かれたのはレティリアのことだった。

いつも、苦しいくらいにあった抱擁さえない。

口づけと共に抱きしめようとした、行き場のない両腕。シャルティアナは手を握りしめた。

「シャルティアナ？」

「レオナルド様の帰りを待てず、もう眠っております……」

潤んだブルーの瞳《ひとみ》が、悲しそうに伏せられる。

「あー。寝てしまったか。残念だ……でもこんな時間だからな、今日は仕方ないか……」

子供部屋の方へ視線を向けて、心底残念そうにするレオナルド。いつでも、どんな時でもシャルティアナへの想《おも》いが溢れ出ていたのに、この一週間はどうにも物足りない。

「湯を浴びてくるよ」

コートを脱いだレオナルドは、そんなシャルティアナを残し、湯殿へ向かっていってしまった。

「レオ、ナルド様……」

シャルティアナは重い足取りで寝室へと向かった。辛かった悪阻《つわり》も終わり、やっと夫婦の時間を持てると思っていた矢先のこれだ。

今日も冷たいベッドで一人目を瞑《つむ》る。一人では広いベッドはなかなか温かくならない。

愛しい娘であっても、愛する夫を独り占めされては嫉妬《しっと》が顔を出す。母であるのに、そんな思いを抱いてしまうことに恥ずかしくなり、自己嫌悪に陥ってしまう。

今日もレオナルドはレティリアの部屋で眠るのだろうか。夫が娘を溺愛することは、嬉しくもあり悲しくもある。

そんなことをもんもんと考えていると、寝室の扉が開いた。

「シャルティアナ？　寝てしまったかな？」

爽《さわ》やかな石鹸《せっけん》の香りを漂わせたレオナルドが入ってきた。

「……まだ、起きています」

ゆっくりと上半身を起こしたシャルティアナは答えた。

「今日はレティリアと寝れないな……」

そう言いながら隣へ潜り込んでくるレオナルド。

「また私のことを嫌だと言われないだろうか……」

ぶつぶつと独り言をこぼしている。

ここで何も言わなければ、明日はまた、レティリアと眠るのかもしれない。

シャルティアナの、寂しいと思う気持ちが溢れ出してしまった。

「私と、眠るのはもう嫌ですか？」

喉《のど》の奥から絞り出したような声に、レオナルドが飛び起きた。

「えっ!?　いったいどうして!?　そんな！　嫌など思うはずがない！」

シャルティアナの両肩に手を乗せ、驚愕の表情を浮かべるレオナルド。

必死な様子が嘘《うそ》だとは思わないし、嫌われたなんてシャルティアナだって思ってはいない。愛されていることはわかっている。

ただただ、寂しかっただけ。もしかしたら、妊娠して神経が過敏になっているだけかもしれない。

それでも今、シャルティアナは寂しかったのだ。娘に嫉妬したなど、レオナルドに呆《あき》れられるかもしれないが、言わずにはいられなかった。

「毎晩、レティリアと眠っておられたので……もう私とは……」

柔らかい頬に涙が伝う。

こんなことで涙するなど、恥ずかしいが一度こぼれ出した涙は止まらない。

「ああ、そんな！　レティリアとは、少し……その……すまない。すまない。シャルティアナに寂しい思いをさせたかったわけじゃないんだ！」

「でも、帰ってきても、レティ、レティで……私の名前も呼んでください。……私もギュッて抱きしめて、ほしいです」

「ああ！」

レオナルドの両腕が背に回り、額に、瞼《まぶた》に頬にと口づけが降ってくる。

「俺はなんて阿呆《あほう》なんだ！　一番愛おしい妻にこんな思いをさせてしまうなんて……シャルティアナ、愛している。許してくれ」

この一週間、温《ぬく》もりに触れることがなかった両手が、逞《たくま》しく温かな背に触れた。

「ごめんなさい、ごめんなさい……寂しかっただけなんです。娘に嫉妬するなんて、母親としても妻としても失格ですね……」

「そんなことはない！　それほど愛してくれているということだろう？　もちろん私だって愛している。愛するシャルティアナとの子供だからこそレティが愛おしい。それは、シャルティアナへの愛があってこそなんだ！」

「レオナルド様、もっと、ギュッてしてください」

「一晩中でも喜んで」

しっかりと抱きしめられると、心が満たされ、安心感が広がっていく。与えられる温もりは心も身体も温めてくれる。けれど、まだまだ足りない。

「レオナルド様、もっと……」

さらなる温もりを求めて、シャルティアナは、自らレオナルドに口づけた。

もっと深く求め合いたい。繋《つな》がりたいと思ってしまうと、軽い触れ合いではもう、満足できなくなってしまう。

「もっとレオナルド様を……私を満たしてください」

「シャルティアナ……大丈夫なのかい？」

「もう、悪阻も落ち着きまし、その、お医者様もだいじょ、んん」

最後まで言葉にすることができず、奪うように深く口づけられた。舌を強く吸われ、甘い痺《しび》れとともに、身体の奥底からゾクゾクとした快感が巡り始める。

夜着の襟元を軽く開かれ、その間から手が差し込まれた。

妊娠して一回り大きくなり、いつもより張りのある胸は、レオナルドの手から溢れそうになるほどだ。

むにむにと形を変えるほど揉《も》まれると、レティリアを産んで、ピンクからより赤みを帯びた頂《いただき》が、硬い芯《しん》を持ち始める。

「あっ、レオナ、ルドさ、ま、ん」

「シャルティアナ、はぁ……シャルティアナ、少しだけ……」

欲情に濡《ぬ》れたレオナルドの声に、求められている悦《よろこ》びを感じ、シャルティアナの身体も潤いを持ち始めた。

後ろから抱き込まれ、片手で胸を揉まれながら、もう片方の手が秘所へと伸ばされる。

くちゅくちゅと十分な潤いを示す音が、シャルティアナの羞恥《しゅうち》を煽《あお》る。

その間も、レオナルドの唇は頸《くび》に耳にと這《は》わされ、愛していると囁《ささや》いてくれる。

「あん、ふ、レオナルド、さま、もう……」

「……辛《つら》くなったらすぐに言ってくれ」

切羽詰まったような声とともに、レオナルドの熱い塊が埋め込まれると、シャルティアナは十分に身体も心も満たされることができた。

そして、二人が身を清め、眠りにつこうとした時、大音量の泣き声が聞こえてきた。

「わぁぁぁー！　おとーまぁ！」

夜中に目が覚めて怖かったのだろう、レティリアが悲痛な声を出している。

「……ふ、ふふふ」

シャルティアナは思わず笑ってしまった。何故なら、レティリアの声を聞いたレオナルドが、あまりにも心配そうな顔をしたからだ。

今すぐにでも飛んでいきたいのに、シャルティアナを慮《おもんぱか》って我慢しているような顔だ。

「シャ、シャルティアナ……」

「一緒に行きましょうか」

シャルティアナは、起き上がるとレオナルドの手を引いた。

二人で廊下を進み、子供部屋へと向かう。

扉を開けると、乳母が全く泣き止《や》まないレティリアに困り果てていた。レオナルドとシャルティアナは乳母を下がらせると、あまり大きくないベッドに三人で横になった。

「レティ、今日はお父様とお母様と一緒に眠りましょうね」

「愛しているよ。シャルティアナもレティリアも」

両親から口づけされ、抱きしめられると、レティリアはすっかり笑顔になった。

そして、三人は幸せな夢へ誘われた。

あとがき

この本を手に取っていただけた読者の皆様、本当にありがとうございます。そして最後の最後、あとがきまでご覧いただけていると思うと嬉しさでいっぱいです。

今まで何作か恋愛ものの小説を書きましたが、ここまでヒーローがぶっ飛んだ設定は初めてでした。

シャルティアナは美しく心優しい王道のヒロインだったのですが、そのシャルティアナを愛するあまり、見目麗しい設定のはずのレオナルドが、どんどんとおかしな方向にいってしまって……。作者も書き終えてから「これでよかったのかな？」と何度も思ってしまいました(笑)。

レオナルドは良いことでも悪いことでも、常に「シャルティアナー！」と叫んでいるイメージです。

そのレオナルドの対応に四苦八苦するブライアン。王子様なのにこんなに苦労をさせてしまって、しまいには心の中で謝りながら書いていました。

ネットでも「ブライアンの髪がストレスで禿げないか心配です」や、「王子様なのに可哀そう」などと、読者の方に心配していただいて……。

大丈夫です！　余談にはなりますが、ブライアン王子の髪は、命ある限りふさふさでしたし、とてもできた人物で後世に名を遺す賢王となります。

こんなぶっ飛んだレオナルドを御することができるのはブライアンだけなので、ブライアンにかかればどんな人物でも扱いは完ぺきにできますよね。むしろブライアンの対処力、忍耐力はレオナルドのおかげで飛躍的に伸びたのかもしれません……。

それから、バルトスとアルティアの親バカ祖父母バカっぷりも、書いていてとても楽しかったです。これほど美しくて優しい娘がいたら、そうなってしまうのも致し方ないですもんね。

しかし、クレイモン男爵家の財産はどれだけあるのでしょうか……。きっと平民時代から贅沢など一切せず、国王も真っ青なほどため込んでいたんでしょうね。家中に金塊が置かれていたりして……。そんな財産をぽんと山を購入するくらい使わせるなんて。溺愛されるシャルティアナ、とっても羨ましいです。

ちなみに、レティリアは傾国の美女へと成長します。そのあまりの美しさに、諸外国からも婚姻の申し込みが殺到するほどです。それをレオナルドが、愛しい娘を外国になど嫁に出すもんかと必死で反対している様子が目に浮かびます(笑)。泣く泣く嫁に出すとしても、近くにいたい親の気持ちですね。

レティリアが結婚するとき、レオナルドはどれほど号泣するのでしょうか。働くことなんてできなくなってしまうでしょうし、ブライアンの対応が気になるところです。執務室はどうなってしまうのでしょうか。

そこは皆様の想像にお任せしますね！

そして、徹底して悪役だったビアンカですが、人間の欲望を抑えることなく曝け出す人物でしたね。

書かれてはおりませんが、ビアンカは処刑ではなく生涯幽閉でした。処刑するよりも、着飾り、派手なことを望むビアンカにとって、何もない隔絶された空間で幽閉されることの方がダメージを与えられるという判断をされたようです。哀れですね……。

最後に、ドム。ビアンカを修道院から出した商人の「しつけ」を任されていましたが、そのエピソードはストーリーの流れ的に入れることができませんでした。

暗殺者として腕の良いドムは、あっという間にその商人を見つけ出し追い込みます。そしてきっちり「しつけ」を遂行し、バルトスから信頼を得ます。その後、ドムがバルトスを裏切ることもありませんでした。

目立った登場人物はこれくらいかな？　作者としては全ての登場人物に愛情をもって書いておりましたが、皆様に受け入れていただけましたでしょうか。

こんなヒロインだったらいいな、こんな風に愛されてみたいな等、自分が読んでみたいと思うものを書かせていただきました。

最初、出版のお話をいただいたときは、本当に本になるのか、皆様に満足していただけるようなものに仕上がるのか、不安でいっぱいでした。

　もしも、せっかく手に取って貴重な資金と時間を使って読んでくださった方を、がっかりさせてしまったらどうしよう。読んではいただけても、もう二度と開いてもらえなかったり、本棚の隅で忘れ去られるような本になってしまったらどうしようという思いはありました。

　けれど、私の下手な表現をどうすれば良くなるかと一緒に考えてくださる担当者様や、素敵なイラストを描いてくださった芦原《あしはら》先生のおかげで、何とか本として出版することができました。本当にありがとうございました。

　そして、何よりも読者の皆様。数ある本の中からこの本を手に取っていただけたこと、そして最後まで読んでいただけたこと、重ねて心から感謝申し上げます。

　今回の経験を活かして、もっと皆様に喜んでいただけるようなものが書けるよう、これからも努力していこうと思います。

　またどこかでお会いできることを心より願っております。

王太子妃に
なんてなりたくない!!
王太子妃編
著▶月神サキ　イラスト▶蔦森えん

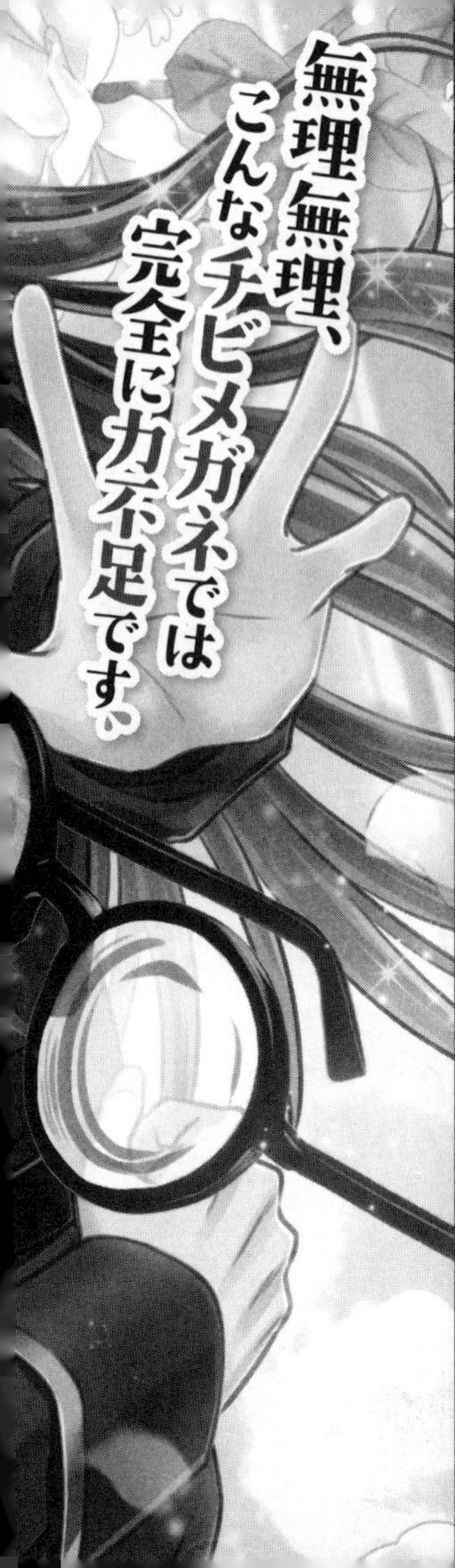

無理無理、
こんなチビメガネでは
完全に力不足です。

メガネの下は超絶美少女!?
ハイテンションラブファンタジー!
騎士団長は元メガネ少女を独り占めしたい
著▶高瀬なずな　イラスト▶芦原モカ

間《ま》違《ちが》いで求《きゅう》婚《こん》した公《こう》爵《しゃく》様《さま》は、そのまま結《けっ》婚《こん》することをお望《のぞ》みです

ヤマトミライ

2021年4月5日　初版発行

著者　ヤマトミライ

発行者　野内雅宏

発行所　株式会社一迅社
〒160-0022　東京都新宿区新宿3-1-13　京王新宿追分ビル5F
電話　03-5312-7432(編集)
電話　03-5312-6150(販売)
発売元：株式会社講談社(講談社・一迅社)

印刷・製本　大日本印刷株式会社

DTP　株式会社三協美術

装丁　AFTERGLOW

ISBN978-4-7580-9348-4

MELISSA
メリッサ文庫

●本書は「ムーンライトノベルズ」(http://mnlt.syosetu.com/)に
掲載されていたものを改稿の上書籍化したものです。
●この作品はフィクションです。実際の人物・団体・事件などには関係ありません。